千零一夜

目川文化

目錄

會說好聽的故事，可以自救也能救別人，博學多聞的珊璐佐德正是一個說故事的高手，她能使國王一夜接一夜，一個故事接一個故事的聚精會神聆聽，最後放棄殺戮無辜少女的暴行。

你想學習說故事的技巧嗎？《一千零一夜》豐富的想像力和近乎荒誕的誇張描寫，是本書最明顯的寫作手法。例如，烏木馬能騰空飛翔；航海家辛巴達發現登岸的小島竟是一條大魚背，又一次神鷹將他帶到一處蟒蛇盤據的山谷，另一次遇到會吃人的巨怪。

本書另一個特色是敘事手法。有的故事看似非常冗長，其實是由許多小故事組合而成，如〈辛巴達航海旅行〉；有的則是故事中有故事，如：〈漁翁、魔鬼和四色魚〉，雖然看起來有點複雜，但是每個小故事環環相扣，不僅故事曲折離奇，還高潮迭起，讓人感覺這個故事彷彿沒有盡頭。

除此之外，小朋友可以學習故事裡的人物，他們以巧制敵的方法。故事中的人物總能使用智慧幫助自己或別人渡過難關。例如：〈阿里巴巴和四十大盜〉故事中女僕一次次破解強盜首領的計謀，將主人從危險中拯救出來，以及〈商人和魔鬼〉中老人們用荒誕的故事說服魔鬼饒恕商人。

小朋友不要小看這些奇幻故事，這當中都有一些智慧卻是可以善用在現實生活中，如〈洗染匠和理髮師〉中告訴我們：誠實的殷勤者能富足。因此，希望你們翻開這本世界經典鉅作，細細品味阿拉伯等地的風土民情，同時可以學習到一些不一樣的道理。

【推薦序】

林偉信（台灣兒童閱讀學會顧問、誠品文化藝術基金會「深耕計畫」顧問）

陪伴孩子在奇幻的世界裡，培養想像力，思考人生課題

奇幻文學是人類思想極致的一種表現，透過想像，創造出一個個跳脫時空框架的新奇世界，將現實中的不可能化為可能，讓閱讀者擺脫有限形體的束縛，悠遊在不同的時空裡，享受現實人生中所無法經歷的奇特趣味。

而除了引人入勝的趣味情節外，奇幻故事中所暗含的人生隱喻與生命智慧，也一如日本著名心理學家河合隼雄在《閱讀奇幻文學》書中所說的：「**傑出的奇幻作品，總是帶著某些課題前來挑戰讀者。**」而「當我們將幻想視為靈魂的展現時，就會開始覺得奇幻故事的作者，給了我們相當豐富的訊息。」因此，「**即便故事讀完了，心靈依然持續感動。**」

目川文化這套奇幻名著，正是選自不同文化背景下的各種玄奇異想，傳遞各種重要的人生課題——如《西遊記》的叛逆與反抗、《小王子》與《柳林風聲》的愛與友誼、《小人國和大人國》的權力與人性、《快樂王子》的分享與快樂、《愛麗絲夢遊奇境》與《一千零一夜》的真實與夢幻、《彼得．潘》的成長與追尋、《叢林奇譚》的正義與堅持，以及《杜立德醫生歷險記》的溝通與同理。藉由這些書，給你和孩子一次機會，**陪伴他們在奇幻世界的共讀中，培養想像力，並且一起來思考人生中的一些重要課題。**

戴月芳（資深出版人暨兒童作家、國立空中大學／私立淡江大學助理教授）

孩子飛翔的力量很大

當孩子告訴你，他會飛，而且飛得很高很遠，你可能會笑一笑，不當一回事。但是，真的要告訴你，孩子確實飛得很高，很自在！

谷歌（Google）創辦人賴利．佩吉（Larry Page）有一天突發奇想，想要創造一個可以下載整個互聯網，而且查看不同頁面連結的搜尋引擎。在一九九六年，這想法可能是天方夜譚，但是他有企圖心，最後確實創造了谷歌。他像孩子飛上了天，飛得很高、很自在！

「飛翔」是我們的想像延伸，一切可能或不可能發生的，都可以藉由想像力「飛翔」先做實驗。【影響孩子一生的奇幻名著】系列，就是一套賦予孩子想像力飛翔的好書。每一本都是在激發孩子的奔馳創意。來吧！讓孩子閱讀，讓孩子隨著他的好奇心，遊走另一個充滿自由的奇想世界，跟隨故事人物一起經歷成長與冒險。

張美蘭（小熊媽，親子天下專欄作家、書評、兒童文學工作者）

讓孩子讀經典，是重要而且必要的

近兩年，我常在校園與兩岸演講，有一個主要的主題，就是「讓孩子愛上閱讀的八大法則」，其中我認為很重要的第二條法則是：在孩子中低年級以前，幫孩子選書；**高年級後開放讓他們自由選擇，但是每個月都該有指定讀物，並建議以經典兒童文學為主！**

我在小學圖書館擔任過十年的志工，發現一個令人憂慮的現象：越來越少孩子讀兒童文學經典作品！當今兒童閱讀，充斥著「漫畫」的速食文化。我曾問過孩子，得到的回答多半是：「漫畫比較搞笑，我不喜歡太嚴肅的作品。」或「看圖畫比較快，文字太多的書，真的看不下去！」這是一個很令人憂心的現象，因為這代表這一代孩子對文字理解能力（閱讀素養），將越來越弱。**而貧瘠的閱讀，將導致荒蕪的思想與空洞的寫作能力！**

更憂心的是，家長沒有意識到這狀況的嚴重性，還沾沾自喜地認為：我的孩子愛看書，就好！而沒注意到孩子無法邁向文字書的世界，更遑論兒童文學作品的世界。

讓孩子多讀經典吧！這將會影響他們一生的價值觀。我建議每個家庭都該有個基本書櫃，當中一定要收藏兒童文學名著！因為這些是經得起時間考驗、人類思想的精華。經典代表的就是人性。在奇幻故事架構下，也能讓孩子了解：世界上沒有所謂美好的大結局！**讓孩子從閱讀的幻想中，體會人生的趣味與人性的缺憾，才是真正智慧的開始。**

林哲瑋（兒童文學作家、大學兼任講師、臺東大學兒文所）

奇幻的奇妙

小朋友，閱讀奇幻作品好處多多，畢竟現實世界只有一個，而奇幻想像的世界卻是無窮無盡。奇幻世界裡有神奇的天馬行空，想像世界要介紹得天衣無縫。奇幻想像國度的語言可以豐富現實世界的生活，例如小王子和狐狸，小王子和玫瑰，他們的故事和對話，都可以比喻、使用在人類的世界。

想一想，像著名的「七步成詩」，曹植若跟哥哥寫「骨肉相殘」的詩，害哥哥沒面子，恐怕小命不保；聰明的曹植躲到了奇幻的國度，使用了奇幻的語言，寫了一首「小豆子和豆萁哥哥」的童話詩，保住了珍貴的性命。

奇幻的國度裡有許多寶藏，等待小朋友來尋找、開創，歡迎小朋友搭乘文學的列車，來到奇幻的國度，觀看地球世界的模樣。

彭菊仙（親子天下、udn 聯合文教專欄、統一「好鄰居基金會」駐站作家）

我的童年是一段沒有故事書的歲月，因為爸媽忙於生計，關於孩子心靈需要的滋養，是沒有餘力可以照顧的。長大後，我才有機會一一彌補童年裡沒有緣分相遇的經典兒童文學，但遺憾的是，這些故事我多半已經耳熟能詳，還來不及細細咀嚼文字，動畫中大量的聲光畫面已經綁架了我對故事的想像，我很不希望我的孩子用這樣的方式來接觸經典名著。

藉由這次目川文化規畫的套書系列，我似乎又恢復了一個孩童本來應該具備的自由奔馳心靈，在故事裡盡情遨遊，甚至幻化為故事裡的主人翁，經歷驚險刺激的冒險歷程。

我鼓勵爸媽引導孩子，一本接一本有系統的閱讀，不僅能提升賞析文學的能力與視野，最主要的是，**經典作品的人物都帶著強大熾烈的感染力，能博得孩子深度的認同，在潛移默化間，高潔的思想便深植於孩子的心底，行為氣度因此受到薰養而不凡。**

陳郁如（華文奇幻暢銷作家）

奇幻文學超越現實框架的幻想，讓人的想像力可以無限的延伸。同時，作者在故事裡可以巧妙的寫出自己對現實世界的連結，可能是對社會的反射、對人性的感觸等。

《一千零一夜》是一個帶著強烈異國色彩的故事，書寫風格也非常特別，裡面有很多戲中戲，故事裡的角色會再敘述另一個故事，讓人欲罷不能，想繼續看下去。這也是故事一開頭，珊璐佐德的用心：讓國王捨不得殺她。這些故事也創造出不少特別的奇幻物品：藏著魔鬼的銅瓶，讓人實現願望的神燈，會帶你飛翔的烏木馬，藏滿寶藏的山洞，非常能滿足小孩的想像力，讓人看了大呼過癮！（其他推薦內容，詳見各書收錄）

很多經典永傳的故事能夠歷久不衰，不僅僅天馬行空、編撰幻想而已，背後還有更多警世意義。小朋友可以細細品味，讓想像力奔馳的同時，也想想作者想要表達的是什麼。

沈雅琪（神老師&神媽咪、長樂國小二十年資深熱血教師）

現在的孩子普遍閱讀量不足，書讀得不夠，相對文章就寫不出來，寫作技巧教再多都是枉然。為了要改善孩子寫作困難的問題，我開始每天留半個小時到一個小時的時間，讓孩子從少年雜誌、橋梁書開始閱讀，這段時間得要完全靜下來專注的閱讀。

目川文化精選這套書，有幾本是我們很耳熟能詳的世界名著，可是很多孩子完全沒有接觸過。收到書的初稿時，孩子們一本又一本接續的把十本書統統讀完。**小孩的感受是最直接的，**

看他們對這套書愛不釋手，我就知道這是一套非常值得推薦的好書。

以下就是班上小朋友針對本書所寫的一篇心得，其他則收錄在各書：

〈洗染匠和理髮師〉故事中提到的凱鄂和綏爾，是很強烈反差的兩個人。凱鄂懂得在生活中耍些小聰明，懂得如何致富，因此他比綏爾更為富裕；但綏爾卻不同，腳踏實地做個憨厚的老實人。我認為他們最大的不同就是受人恩惠的態度，凱鄂恩將仇報，而綏爾則貫澈了「受人點滴，湧泉以報」的道理，這是每個人都應該學習的精神。

最後，綏爾受到了國王的青睞，我想是因為他懂得：「勝不驕，敗不餒」的真理，就如同現實社會中一樣，白手起家的企業家更令人受到欽佩，沒有人喜歡過著唯唯諾諾又卑微的生活，這個社會需要的是和綏爾一樣勤勞積極、事必躬親的人。

一個人的成就，不會是空得虛名，俗話說的好：「天下沒有白吃的午餐。」或許在我們看不到的背後，他們付出雙倍的努力才得來的。

我覺得〈阿里巴巴和四十大盜〉這個故事也很精采，人類一時的貪圖利益，有可能是一輩子的致命傷害，因此有些事情應量力而為，知足為樂。另外還有〈烏木馬〉的故事讓我印象深刻，我很欽佩王子那無所畏懼且正直的性格，面對哲人恩將仇報，竟然還可以維持自己紳士風度，從容不迫解決問題，真是讓人佩服。

（陳品璇 撰寫）

《一千零一夜》這本書，其中我印象最深刻的就是〈辛巴達航海旅行〉。辛巴達不是個普通的人，他可是經歷過七次驚心動魄航海之旅。雖然每次的航海之旅，都有生命危險，不過他的誤打誤撞，卻也幸運地在危險關頭拯救了他。這個故事的情節精采緊張又刺激，會讓人一看就停不下來，我看完後不僅覺得很充實，收穫也滿滿。

辛巴達這個故事告訴了我，「天下沒有白吃的午餐」，有努力才會有收穫！讓我想到了守株待兔的故事，農夫在一次的巧合下撿到了兔子，從此每天都只待在樹下等兔子上門，不但農田都荒廢了，還讓自己活活餓死。這兩個故事都讓我清楚知道，要有美味的果實，先要有努力的過程。

（陳亮萱 撰寫）

劉美瑤（兒童文學作家、台東大學兒童文學研究所畢）

樸實與浪漫編織而成的故事飛毯

《一千零一夜》是舉世聞名的民間文學名著，『她』匯聚了阿拉伯等地區的神話、傳說以及寓言故事。在創作形式上，使用大故事包裹小故事的「包孕體」敘事結構，讓故事彼此相連；在內容方面，這些故事經過歷代說書人吸收當時、當地的風土民情，予以加工改編重新創作，不僅敘事的語言貼近大眾，加上絢爛、繽紛的想像情節，使得『她』的**故事魅力宛若在砂礫中長出的耀眼奇葩，散發著時而神祕瑰麗、時而樸實動人的奇幻氣息**。

這些看似神奇魔詭、饒富想像的民間故事，常常巧妙的折射出平民百姓對強權的嘲諷，以及以小博大的生活智慧。舉例來說，故事中經常出現的魔鬼或魔法師，除了字面本身的意義之外，亦是指涉當時社會的強權者。這些惡勢力視貧苦百姓如草芥，但是弱者自有急智反轉劣勢。例如：〈漁翁、魔鬼和四色魚〉這則故事，魔鬼被漁翁拯救之後，非但不感激，反而欲置漁翁於死地，幸好漁翁運用急智化解危機，甚至成功役使魔鬼報恩，為自己和兒女們謀得幸福。而多次被改編成卡通的〈阿拉丁神燈〉更可說是弱者反擊成功，贏得幸福人生的典型。

此外，《一千零一夜》中亦處處顯露善惡有報的價值判斷，譬如：〈商人和魔鬼〉以及〈阿里巴巴和四十大盜〉的故事，無一不彰顯民間文學的藝術特色：用故事呈現風俗文化，並宣達道德訓誡。

而故事裡最為人熟知的〈辛巴達航海旅行〉不僅有奇詭浪漫的冒險想像，主人翁辛巴達不屈不撓，屢歷驚險仍不畏懼出航，充分展現出古早人類勇敢探索未知、不屈服命運的奮鬥精神。

彼此包孕彷佛有生命般的故事框架以及自由馳騁的想像、素樸的庶民語言和精采刺激的情節轉折，使得《一千零一夜》成為現實與虛構的最佳結合，無怪乎流傳世世代代魅力不墜。

游婷雅（台中古典音樂台閱讀推手節目主持人、閱讀理解教學講師）

一千零一夜的奇幻天方夜譚

兩個孩子還很小的時候，我曾經為他們說過一個床邊故事，這個故事是這樣的……

從前從前，有一個媽媽，她的孩子們睡覺前苦苦哀求著媽媽為他們說個故事。這位媽媽捨不得拒絕孩子們的請求，於是她為孩子們說了一個床邊故事，這個故事是這樣的……

從前從前，有一個媽媽，她的孩子們睡覺前苦苦哀求著媽媽為他們說個故事。這位媽媽捨不得拒絕孩子們的請求，於是她為孩子們說了一個床邊故事，這個故事是這樣的……

從前從前……

這故事還來不及講到一千零一次，便已經遭到兩雙白眼直盯，拚命喊著：「媽媽賴皮！」

《一千零一夜》的故事一開始便告訴我們，珊璐佐德為了不讓國王殺害她，每天晚上都為國王說一個故事，而且在精采之處停下來，請求國王再讓她多活一天。這種說故事**先引人入勝，然後再賣關子的懸宕技巧**，與中國古代說書人的「欲知後事如何，且待下回分解！」有著異曲同工之妙。

除此之外，《一千零一夜》裡的故事像個連環套般，總是環環相扣，故事裡還有更精采的故事，使人欲罷不能。讓讀者不禁思考著：「珊璐佐德說著這些故事的時候，為了要能讓國王不願錯過故事發展而願意饒她一命，究竟會在故事的哪裡停下來呢？」

緣起　宰相女兒說故事

相傳古時候，有一個薩桑王國，國王名叫山努亞。山努亞國王每天都要娶一名女子，但每到第二天公雞高啼的時候，便殘酷地殺掉這個女子。轉眼三年過去，山努亞國王已經整整殺掉了一千多名女子。

百姓在這種威脅下深感恐懼，紛紛帶著女兒遠走他鄉，但國王仍每天威逼宰相替他尋找女子。整個國家的女子，沒有死於國王虐殺的，都逃之夭夭了，城裡十室九空，以至於宰相找遍整個王城，也找不到一個合適的女子。他滿懷憂愁與恐懼回到了相府。

宰相有兩個女兒。大女兒名叫珊璐佐德，長得美麗動人，從小就博覽群書，有豐富的知識學問。她見父親滿面愁容，便關切地問道：「爸爸！您怎麼了，何事令您愁眉不展呢？」宰相深深歎了口氣，給女兒說了一段故事——

從前的薩桑國，由於山努亞國王勤政愛民，使國家越來越繁榮富強，人民過著幸福的生活。

可是有一天，國王帶著大臣們外出打獵。途中臨時改變計畫，提前回到王宮。不料一進宮，他卻看見王后舉止輕佻，在和樂師們彈唱嬉戲、飲酒作樂。國王一氣之下，便將王后和樂師們都處決了。從此，他對女子深惡痛絕，完全變成了一個暴君。

★ ★ ★

珊璐佐德聽完父親講的故事，說道：「爸爸，我要嫁給國王！或許我進宮後，可以想辦法和他長久的生活下去，我不想看見國王每天這樣濫殺無辜。」

可是，宰相卻堅決反對。

「你千萬不能冒險呀！難道你不怕落得和毛驢一樣的下場嗎？」

「爸爸，毛驢遭遇了什麼？請講給我聽聽吧！」

「好吧！」宰相語重心長，又說起另一個故事——

從前有個商人，懂得鳥獸的語言。他和妻子兒女們一起住在一個小鄉村，養了一匹毛驢和一頭水牛。

有一天，水牛來到驢廄裡，看見毛驢全身洗刷得乾乾淨淨，舒適安閒，驢槽裡堆著鍘細的草和煮熟的糠糟。羨慕地對毛驢說：「你的日子真是輕鬆，主人平常有事，就騎你出去跑一趟，沒一會兒就回家了。不像我一天到晚，在田裡辛苦勞碌。」

毛驢便給牠出了個主意：「你只要絕食三天，裝出疲憊虛弱的樣子，就可以不必做犁田的粗活了。」這段話被主人聽到了。

當天夜裡，水牛果然只吃了一點兒草料。第二天一早，商人雇用的農夫牽牛耕田，發現水牛疲憊不堪的樣子，馬上去向主人報告。主人當然明白是怎麼一回事，對農夫說：「去吧，讓毛驢代替水牛耕地好了。」

毛驢整整耕了一天的地，直到傍晚才回來。水牛對此感激不已，因為有毛驢的代勞，讓牠休息了一整天。可是，毛驢卻懊惱極了。

次日清晨，農夫照例牽著毛驢去田裡耕作，到很晚才回家。毛驢的肩頭磨破了，累得有氣無力，心想：「這犁田的粗活我恐怕得一直做下去了，唉，我這真是自找苦吃啊！」然後牠對水牛說：「我要提醒你，主人說，水牛應該好不起來了，不如把他送到屠宰場宰了吧！我真擔心你啊！你趕緊想辦法保全你的性命吧！」

聽了毛驢的話，水牛趕忙打起精神，大吃大嚼起來。毛驢和水牛這段的對話，也同樣被商人聽見了。

第二天早上，商人來到驢廄，農夫正要牽水牛去耕田。水牛一見主人，便顯露出精神抖擻，一副快活而精壯的樣子。商人見了，不禁哈哈大笑。

★　★　★

珊璐佐德聽完宰相的故事，說道：「爸爸，雖然毛驢為了拯救水牛而害自己遭了殃，但現在是人命關天的大事呀，所以我堅持您送我進宮去。」

宰相見女兒心意已決，只好準備送她進宮，完成國王給他的使命。臨走前，珊璐佐德對妹妹敦亞佐德說：「我進宮後，就會想辦法讓人來接你過去。妳見到我，就對我說：『姊姊，請講一個故事給我聽。』我會趁機會講一個動人的故事。這樣，或許我的故事能拯救很多人呢！」

宰相把大女兒送進了王宮，珊璐佐德優雅地步向國王，她高貴的氣質和美貌使國王驚歎不已。但一來到國王面前，她便悲痛地哭泣了起來。

國王問道：「你為什麼傷心？」

「陛下，我有個妹妹，希望陛下恩准讓我和她再見一面，做最後的告別。」

國王答應了她的請求，國王派人接來敦亞佐德，姊妹倆見面後激動地擁抱，坐在床邊促膝長談。敦亞佐德說道：「親愛的姊姊，請給我講個故事吧！妳講的故事是那麼動聽！」

「只要陛下願意，我一定講個非常有趣的故事。」

國王原本一直心緒不寧，無法入睡，聽了姊妹倆的談話，挑起他聽故事的興趣，便欣然答應了。

珊璐佐德非常會講故事，她的故事深深吸引著國王和妹妹。可是正講到精采的部分時，公雞突然啼叫，天亮了。她馬上停住不再講下去。

「姊姊，你講的這個故事太有趣了，請你把它講完吧！」妹妹說。

「若蒙陛下開恩，讓我活下去，那麼，下一夜我還有更精采的故事！」

國王為了繼續聽故事，就答應暫時放過珊璐佐德。

第二天清晨，國王臨朝，宰相準備好了壽衣，本以為會替自己的女兒收屍，可是國王卻埋頭處理政事，忙於發號施令，一直到傍晚，國王也沒吩咐他再去找一名女子獻給他。宰相感到非常驚訝又欣慰。

第二天夜裡，珊璐佐德繼續講她的故事，一直到早上公雞啼叫的時候。她

如法炮製請求國王放過自己，國王又同意了。就這樣，珊璐佐德天天講著故事，國王每天都在想：「我暫且放過她，等她講完故事再說。」

日復一日，每一夜的故事一個比一個精采。就這樣，珊璐佐德講到第一千零一夜，終於感動國王。國王說：「妳的故事讓我感動。我要把這些故事記錄下來，永遠保存。」

於是，便有了這本《一千零一夜》。

珊璐佐德的故事是這樣說的……

故事一　漁翁、魔鬼和四色魚

從前有個老漁翁，靠捕魚為生，日子過得很辛苦。但他有個習慣，就是每天只捕四網魚，絕不多捕。

有一天中午，老漁翁到一個山谷，湖面風平浪靜，撒下第一網，網很沉重，他以為肯定有大魚，拉上網來一看，卻發現是頭死驢。他又撒下第二網，拉上來竟然是個缺了口的大甕！可憐的漁翁撒下第三網，結果魚網裡都是些破罐和碎玻璃，還是沒捕到魚。

老漁翁在心中暗自祈禱：「最後這次讓我有點收穫吧！」他撒下最後一網，拉上來一看，網裡竟然是一個非常漂亮完整的黃銅瓶，瓶口用錫封住，上面還蓋了印。老漁翁抱著瓶子搖了搖，覺得很重，瓶子裡似乎裝滿了東西。

他從口袋裡拿出小刀，撬開瓶口上的錫塊，瓶中冒出一股青煙，飄到空中，變成一個巨大的魔鬼。老漁翁大吃一驚，嚇得把瓶子摔在地上。

魔鬼惡狠狠地對他說：「你乖乖納命來吧！」

老漁翁渾身顫抖地說：「我把你救出來，你為什麼要恩將仇報呢？」

魔鬼說：「告訴你吧！我本是一個叛逆的天神，曾與蘇里曼作對，被他禁閉在這個瓶子裡，從此失去自由。我多麼希望有人能夠把我放出去，但是過了四百年，不管我許下什麼願望要報答解救我的人，還是沒有人來救我。於是，我便下定決心：只要是誰來救我，我就要取他性命！」

老漁翁不斷請求魔鬼饒恕自己，可是魔鬼已經下定決心。眼見說不動魔鬼，漁翁心裡暗自盤算著對付的計策。

忽然他想到一個妙計，便對魔鬼說：「你真是從這個瓶子裡面出來的嗎？我無法相信，這個瓶子這麼小，怎麼能裝得下你這樣一個龐然大物呢？沒有親眼看見，我就是不相信。」

「好吧，反正你也快要死了，就讓你看看我的本領吧！」魔鬼說。

於是，魔鬼化成一股青煙，從容地鑽進銅瓶裡。漁翁等青煙全部進入瓶

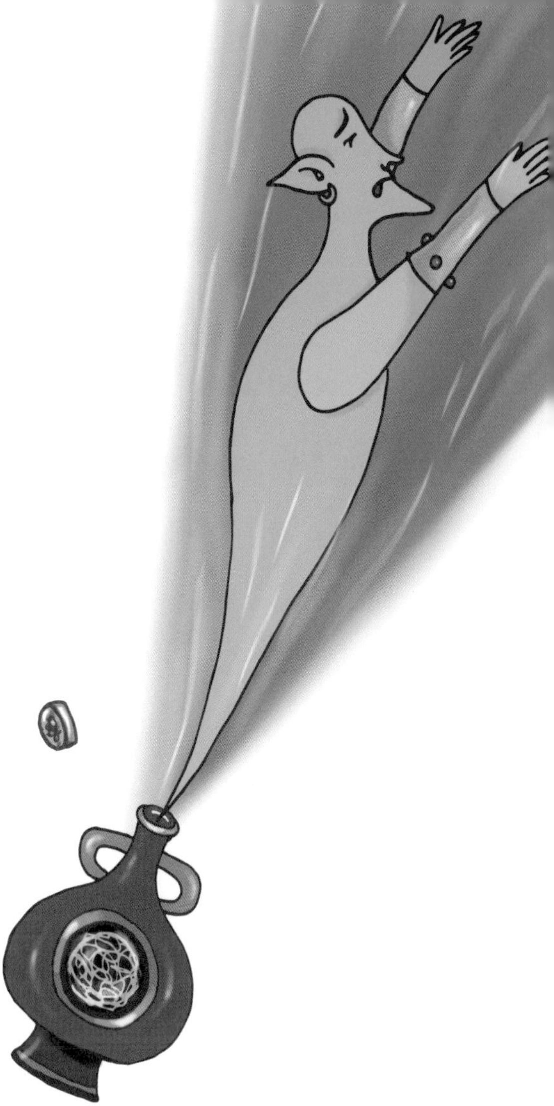

中，馬上拿起蓋印的錫封把瓶口塞住，然後大聲地說：「魔鬼，現在我要把你扔進海裡，並阻止人們到這裡來打魚。」

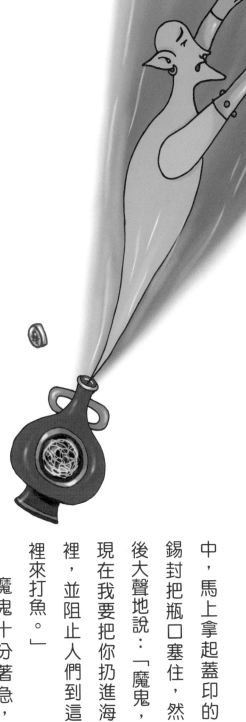

魔鬼十分著急，苦苦向老漁翁道歉、哀求，並承諾：「只要你放了我，我不僅不會再傷害你，還會讓你發財，這次我絕不會食言！」

老漁翁相信了他，便打開瓶封。魔鬼從銅瓶中鑽了出來，一腳把瓶子踢到海裡去。接著，他哈哈大笑地對老人說：「跟我來吧！」

漁翁和四色魚

老漁翁跟在魔鬼身後，來到一個清澈的湖泊邊，只見白、紅、藍、黃四種顏色的魚兒在水中游來游去。魔鬼吩咐漁翁撒網捕魚。漁翁一網撒下去，捕了四尾魚，每種顏色各一尾。

魔鬼說：「漁翁，你把魚獻給國王，他會把財富賞賜給你。今後你每天只要來湖中捕一網魚就夠了。」說完，魔鬼就一溜煙消失在地底下了。

漁翁回到家後，按照魔鬼的吩咐，把四尾珍奇的魚進貢給國王。國王感到非常驚奇，因為他從來沒見過這樣的魚。於是，他賞賜漁翁四十個金幣，並吩咐宰相把這些魚交給宮中的女廚烹煮。

女廚把魚剖洗乾淨，然後放到鍋中煎。當她準備煎第二面時，廚房的牆壁突然裂開，從裡面走出一位美麗動人的妙齡女郎，手中握著一根藤杖。她把藤杖戳在煎鍋裡，用藤杖掀翻煎鍋後，就走進原來的裂縫裡，接著廚房的牆壁便合攏，恢復了原狀。女廚被這怪異的情景嚇昏了過去，等她清醒後，看見四尾魚全燒焦了，焦急地大哭了起來。這時候，宰相來到廚房，女廚就將事情的經過告訴他。宰相立刻把漁翁叫來，要他再送四尾魚來。

老漁翁趕緊去湖邊，一網捕了同樣的四尾魚，再送進宮去。宰相把魚交給女廚，說：「你當著我的面再煎一次，我要親眼看看這種怪事。」

女廚準備好後，剛要煎魚，牆壁就裂開了，那位女郎又出現在他們面前，手中握著藤杖，同樣的事又發生了一遍。宰相親眼見到這一切後，立刻去向國王報告這件奇怪的事。國王聽了，說道：「我非親眼看一看不可。」隨即派人去吩咐漁翁再送四尾魚進宮。

這回，國王對宰相說：「來，你親自在我面前煎魚吧！」宰相立即把煎鍋架在火上，才剛開始煎煮，牆壁就突然裂開，從裡面走出一個彪形大漢，手中握著一根綠樹枝，他同樣舉起樹枝，掀翻煎鍋，隨即又從牆縫隱去。

國王見魚兒都被燒得枯如木炭，不禁震驚，說道：「這件事實在太奇怪，這魚必定有奇特的遭遇。」國王決心要查清楚其中的隱情。

國王讓漁翁帶路，翻越山嶺，來到廣闊的山谷中，只見湖泊的水清澈見底，四色魚悠游其中。這麼一座湖竟然從沒有人知道，也從不曾有人來過。國王吩咐部下依山紮營，並讓宰相守在他帳篷外，不許任何人打擾。

入夜後，國王悄悄地獨自離開營帳，沿著湖岸一帶巡查，希望能找出湖和四色魚的祕密。他連續走了兩天，發現遠方有一座黑石建造的宮殿。國王上前敲了好幾次門，都沒人回應，於是他鼓起勇氣，直接闖了進去。

宮殿裡陳設富麗堂皇，四間大廳環抱一個院子，但不見人影。國王沒奈何，頹然地坐在門前。這時，突然傳來一聲哀怨的歎息，國王立刻站起身，四處探看，發現大廳門上掛著帷幕，便伸手掀起帷幕，看見一個眉清目秀的青年端坐在一張床上，身穿錦袍、頭戴王冠，眉目間卻鎖滿憂愁。

國王見著青年，欣喜若狂，問他知不知道湖泊和四色魚的祕密。青年一聽，不禁悲從中來，眼淚撲簌簌地流下。國王感到奇怪，問道：「你為什麼傷心哭泣？」青年於是撩起衣服，讓國王看他的下半截身體。原來，這青年從腰到腳已經完全化為石頭。國王問：「這是怎麼一回事呀？」

於是，青年娓娓道出自己的遭遇——

石頭青年的遭遇

青年原是黑島國的王子，黑島的四周群山環繞，他的父親過世後，由他繼任王位，娶了叔父的女兒為妻，彼此情投意合，相親相愛，這樣的生活整整持續了五年。

有一天，青年的妻子去澡堂沐浴，他就在寢宮裡休息，青年躺在床上閉目養神，兩個侍候他的宮女以為他睡著了，便閒談議論了起來。

「主人真是可憐！怎麼會娶一個魔法師為妻，又沒能好好管束她呢？」

「她每天都在主人的睡前酒裡下藥，主人喝了就昏迷不醒，當然不知道她偷溜出宮，去了哪裡，做了什麼事，直到清晨才回來，再點薰香讓他清醒過來呀！」

青年聽了宮女的談話，心裡十分惱怒。臨睡前，妻子一如往常，把酒端給青年。青年暗中倒掉了酒，然後裝作昏睡的樣子。妻子打扮一番後，拿了青年的寶劍便出門。青年趕緊跳下床，尾隨在後。

他跟蹤妻子來到城門下，只見妻子唸了幾句咒語，城門上的鐵鎖就掉了下來。出了城，一路走到一棟圓頂屋子前。青年爬上屋頂，看見屋裡住著一個黑奴。魔法師王后進屋，恭敬地跪在黑奴前，行了一個大禮。黑奴嚴厲地對王后罵道：「你為什麼耽擱這麼久？再有下次，我就跟你斷絕往來。」

王后卑躬屈膝地苦苦哀求：「我的主人啊！要是您遺棄我，還有誰憐惜我呢？」她悲傷哭泣着，直到黑奴饒恕了她。

青年氣昏了頭，他衝進屋子，拿起寶劍，一劍砍向黑奴，動作快得沒讓妻子看清是誰痛下毒手。青年以為已經結束了黑奴的性命，便直接返回宮中，在床上睡下。

第二天清晨，妻子喚醒青年。她剪了頭髮，穿著喪服，說自己的親人都死了，要為他們守孝。她還說，打算在宮裡建一間陵寢似的圓頂屋，取名為「哀悼室」，預備一個人在裡面靜靜地哀悼守孝。

青年沒有反對，只說：「你想怎麼辦就怎麼辦吧！」

原來，那一劍並沒要了黑奴的命，卻使他成了一個殘廢。妻子把黑奴藏在哀悼室裡照料，全心全意的服侍，整日為他傷心哭泣。就這樣過了三年，青年發現真相，忍無可忍的跑進哀悼室，氣極敗壞地責問道：「你到底要為他哀哭到何時？」

妻子怨恨的泣訴：「原來是你砍傷了他，叫他半死不活的受苦！既然這樣，我就讓你也活受罪吧！」她喃喃唸起咒語，把青年的下半身變成了石頭，人民變成了四色魚，國土變成了湖泊。

◆魔法城的毀滅

國王聽完王子的遭遇後，十分同情他，並決心幫助他。青年告訴國王，黑奴睡在哀悼室中，他妻子住在隔壁的一間大廳裡，她每天會先來這裡折磨他，再去哀悼室侍奉黑奴。

隔天早上，國王帶著寶劍走到哀悼室中，先解決了黑奴，然後自己穿上黑奴的衣服，躺下來。

過了一會兒，那個女人折磨完青年，來哀悼室探望黑奴。她痛哭流涕地說道：「我的主人，你有什麼話想對我說，只管告訴我吧！」

國王壓低嗓子，模仿黑奴的口吻對她說：「你每天折磨你丈夫，他的求救聲，使我心神不寧，難以入眠，若不是你的擾亂，我該早已恢復健康了！因此，我才一直不理你！」

聽到黑奴說話，女人欣喜若狂地說：「我聽你的，饒恕他吧！」她回到宮裡，解除魔咒，使青年恢復了原樣後，便大聲命令他離開，不准再回來。

待青年離開王宮後，她又來到哀悼室，對黑奴說：「我的主人，快出來吧！讓我看看你啊！我會為你的健康而快樂！」

「這樣根本不夠啊！」國王用虛弱的語氣說：「每到夜深人靜的時候，湖裡的那些魚都會咒罵我，這才是我不能恢復健康的真正原因。你快去解除牠們的魔咒，再來解救我吧！」

女人高興得昏了頭。她興高采烈地跑到湖邊，唸起咒語，湖中的四色魚們瞬間全恢復了人形。

女人匆匆地回到哀悼室，對假黑奴說道：「伸出手，讓我牽你出去吧！」

「再靠近一點！」國王低聲說，並在女人貼近身時，迅速抽出寶劍，結束她的性命。

國王找到了那位青年，恭喜他脫離困境。

「太好啦！上天把你賞賜給我，我膝下無子，今後你就做我兒子吧！你願意隨我到我的國家去嗎？」

青年國王吻著國王的手，表示衷心感激。

「我願意終生跟隨陛下。只是陛下，你知道我們兩國之間的距離嗎？」

「兩天半的路程啊！」

「那是在魔咒下的情況，現在我們需要走上一年。」

於是青年選了五十名精壯的侍從，備齊旅途需要的一切後，便與老國王一塊兒動身，一路上晝夜跋涉，整整走了一個年頭，終於返抵國門。

失蹤許久的國王現在平安歸來，消息傳來，舉國歡騰，宰相和國民們全都出城迎接。國王在眾人的簇擁下，帶著青年回到宮中。

國王擺宴款待辛勞的侍從，他對宰相敘述了此行遭遇，並吩咐宰相：「從前獻魚給我們的那個漁翁呢？去請他來見我吧！」

因為有老漁翁的獻魚，青年和黑島國才能獲救，國王覺得他功不可沒，因此除了重賞他，還將他們一家人接進王宮，享受榮華富貴，從此過著幸福快樂的生活。

故事二　商人和魔鬼

從前有個富商，在一次出城做買賣途中，由於天氣炎熱，坐在一棵大樹下乘涼。他掏出鞍袋中的棗子充饑。吃完棗子，便隨手把棗核一擲。忽然，在他面前颳起一陣旋風，出現了一個高大、手持利劍的魔鬼，怒火沖天的對他說道：

「可惡，你害死了我兒子，我要你償命！」

「我一直坐在這裡沒動，怎麼會害死你兒子呢？」

「還想狡辯！剛才你擲棗核的時候，我兒子恰巧經過，被棗核打中頭，就倒地死了！」

「我是凡胎肉眼，沒看見你兒子經過，如果我真害死了他，也只能算誤殺，請你就饒恕我吧！」

「不行，絕對不行！」魔鬼張牙舞爪，把富商按倒在地，舉劍就要刺下。

富商苦苦向魔鬼哀求，暫時先讓他回家，把該還的債務還清，將別人欠的

錢收回來，安頓家人。等所有事情處理妥當後一定會回來，任憑魔鬼處置。

魔鬼相信了富商的承諾，就放他回去。商人回到家中，趕緊處理完各項事務，又和家人過完年，就無奈地辭別了家人和朋友後，又回到那棵樹下。

富商孤單地坐在樹下，想起自己不幸的遭遇，不禁悲傷地哭泣，感傷地喃喃自語起來：

人活在世上是多麼的艱難，
時刻充滿著痛苦。
雖然我們祈禱著一生平安，
卻難以追尋到美滿和幸福。
達官貴人常常被命運嘲弄，
風和日麗突然間變成淒風苦雨。
高大的樹木曾挺拔俊秀，
不料卻遭雷電轟擊燒枯。

災難如同滿天的繁星，
太陽月亮也總有圓缺。
人即使能算準好運的到來，
卻難以預料禍患之虞。

這時候，走來一位老人，帶著兩條黑色的獵犬。他走到商人面前，問道：「這是魔鬼經常出沒的地方，你為什麼一個人坐在這裡哭呢？」

富商把他的遭遇說了一遍，老人同情地說：「你的確是太冤枉了。我倒要留下來，看看那個魔鬼怎麼下得了手殺你。」

富商憂心忡忡的繼續等著魔鬼。過了一會兒，又來了一位老人，帶著一匹花斑騾子，知道情況後，也要陪他們一起坐下等候魔鬼。老人才剛坐穩，曠野上便刮起一陣狂風，魔鬼隨即現身，他的巨掌握著一柄出鞘的寶劍，燈籠似的眼睛冒著火花，吼道：「今天你總該償還我兒子的命了吧！」

富商哀痛欲絕，老人們非常同情他。他們站了起來，獵犬的主人對魔鬼鞠了一個躬說：「威風的魔鬼，你願意聽一個離奇的故事嗎？我想講的是我和這兩隻獵犬的故事，你如果認為故事夠荒誕，就免去商人三分之一的罪吧！」

「你有什麼離奇古怪的故事，說來我聽聽吧！」魔鬼點頭，答應了。

第一個老人和獵犬的故事

這兩條獵犬原來是老人的兩個哥哥。父親死後，各留給兄弟三人部分遺產。他們以分到的遺產作本錢，各自開店做起生意。後來兩個哥哥決定賣掉商店，外出經商，結果卻賠光了所有錢，只能來投靠弟弟。弟弟非常慷慨地收留他們，還將自己賺來的錢，拿出來接濟他們的生活。

過了一段時間，兩個不務正業的哥哥又想到外地經商，並且慫恿弟弟和他們一道去，但是弟弟始終不為所動。直到六年後，弟弟累積了些本錢，決定將錢分成兩份，一份藏在隱蔽的地方，以備不時之需，拿一份錢出去闖闖。

採購好打算帶去外地銷售的貨物，一切預備妥當後，他們雇用了一艘船，載上貨物，來到了一座大城市。兄弟三人卸下貨物，開始在城中出售，非常暢銷，很快就賣完，賺了不少錢。

在他們準備回程時，遇見了一個衣衫襤褸的女人。她向弟弟磕頭乞求：「好心的先生，請你幫助我吧！我會報答你的。」

弟弟說：「我這個人樂於行善，並不貪圖你的報答。你有什麼苦衷，就跟我說，只要我能幫你，一定不推辭。」

「你願意帶我回去，娶我做妻子嗎？我很會料理家務，做飯、洗衣，樣樣在行。只要你對我好，我會盡力報答你的。」她的話感動了弟弟，他把女人帶上船，讓她做了自己的妻子。

豈料在返航歸途中，兩個哥哥對弟弟的財產心生貪念，想暗中謀害他。便趁著弟弟熟睡的時候，悄悄地把他和他的妻子捆起來，丟入海中。

妻子從夢中驚醒，搖身變成一個仙女，把丈夫救起來，送到一個島上。她

對丈夫說：「你如此忠厚善良，你的兩個哥哥卻陰險狠毒，財迷心竅，只有殺了他們，才能為你報仇，伸張人間正義。」

但弟弟勸說：「千萬別這麼做！哥哥們雖然禽獸不如，但畢竟是我的親人，再說我也沒有被害死啊！」最後仙女決定還是要讓他們受到懲罰。

當弟弟安全返家時，發現家裡拴著兩條獵犬。牠們一見到他便走過來，依偎他的腳邊，雙雙流下眼淚。

妻子對弟弟說：「牠們就是你的哥哥。我把他們帶到我師父那裡，師父說他倆罪孽深重，須等到十年後才能變回人形。」

事發到現在，已經過去十個年頭。今天老人帶著這兩條獵犬，就是要去找妻子的師父，請他把兩個哥哥再變回人。

老人說完故事，對魔鬼說：「這個富商雖然打死了你的兒子，也是失手之過。你就饒了他吧！」

「你的故事的確奇怪，看在你的情面上，我就免去商人一半的罪過。」

接著，第二個牽騾老人對魔鬼說：「我講一個比這位老人更奇怪的故事給你聽，保證你聽完大感驚奇，就會免去這人另一半的罪過了！」

「你不要自誇，等你講完再說吧！」魔鬼說。

第二個老人和騾子的故事

這匹騾子原來是老人的妻子。婚後不久，老人就到外地經商，一年後才返回故鄉。這期間，年輕貌美的妻子已經移情別戀，見丈夫回來了，因為心虛，就打算謀害親夫。

妻子不知從哪裡學了法術後，拿了一壺水，唸起咒語，把水灑在丈夫身上，丈夫立刻變成了狗，還被她攆出家門，從此流落街頭，無家可歸。

有一天，牠走進一間肉鋪，主人可憐收留牠，還把牠帶回家中。他女兒一見到到狗就問：「爸爸，你怎麼把陌生男人帶回家？這條狗是個男人變的呀！」

說完，她取來一壺水，唸了咒語，把水灑在狗身上，說道：「恢復你的原形吧！」老人又變回了人，女孩對他說：「我給你一些符水。等你老婆睡著的時候，把水灑在她身上，你隨便說想要她變成什麼，她就會變成什麼。」

丈夫帶著水回家，看見老婆在熟睡，便把水往她身上一灑，說道：「變成一匹騾子吧！」話音剛落，妻子立刻變成了一匹騾子。

魔鬼聽完故事，回頭問騾子：「真是這樣嗎？」騾子點了點頭。魔鬼感到非常驚奇，就對老人說：「我決定寬恕商人，你們可以帶他走了。」說完就變成一道煙飄走了。

富商非常感謝兩位老人的救命之恩，跪在他們面前說：「謝謝恩人，沒有

你們伸手相救，我就沒命了。」老人們也為能拯救商人而欣喜不已。大家互相拜別後，大難不死的富商與家人團聚，從此過著幸福的生活。

故事三　辛巴達航海旅行

很久以前，巴格達城中住著一位名叫辛巴達的搬運工，他每天為別人搬運貨物為生，生活十分貧困。有一天，天氣很熱，辛巴達挑著沉重的擔子，累得汗流浹背、氣喘吁吁，實在走不動了，就坐在一戶富商的家門口休息。

辛巴達剛坐下，就聞到屋裡飄來美酒佳餚的濃香氣味，聽到一陣陣悠揚悅耳的音樂聲。他情不自禁伸長脖子，好奇地向裡面張望，映入眼簾的是一座富麗堂皇的庭園，豪華又氣派。辛巴達感嘆命運的不公平，喃喃吟詠道：

命運之神啊！你喜歡誰，誰就能盡情享受恩賜。讓得到恩賜的人終身安適清閒，常常享受、時時幸運；讓沒有得到的人一生奔波貧困，終日勞碌、屢受挫折，像我一樣。

於是，他挑起擔子，正想離開時，屋裡突然走出一個體態端莊的僕人，對他說：「我們主人有話對你說，隨我進來吧！」

辛巴達跟隨僕人進門。只見席上坐著的，幾乎都是有錢人；席間擺著各樣的奇珍異果、香醇美酒和山珍海味。坐在首席的是一位鬚眉皆白的老人，看起來是個養尊處優的享福之人。

主人請辛巴達坐在自己身邊，親切地和他談話，盛情款待他。主人問：「我們歡迎你。你叫什麼名字？是做什麼的？」

「我叫辛巴達，是個搬運工。」

「原來我們同名同姓啊，我是航海家辛巴達。剛才看到你坐在門口，就想請你進來一起坐坐。」搬運工辛巴達再次表達感謝。

主人接著說：「兄弟，你有所不知。今天我能過上這種富貴通達的日子，是因為我曾經歷過七次驚心動魄的航海旅行，每次都是艱難險阻，令人難以置信。就讓我一一講給你聽吧！」

辛巴達為人很謹慎，總是把從前的經歷埋藏在心底，不輕易告訴別人，這次他倒是很痛快，答應要說給搬運工辛巴達聽。

第一次航海旅行

我的父親是個生意人，家境很富裕。父親死後，我以為這些家產夠一輩子享用了，因此整日揮霍無度，無所事事。結果，當然坐吃山空，錢財都被我揮霍光了。我對自己的行為感到後悔不已。後來，我把所剩無幾的財產變賣，作為做生意的本錢，決定出門作長途旅行，到遠方去碰碰運氣。

一切準備就緒後，我和幾個商人結伴，從海路出發，我們先到巴斯拉，再從巴斯拉搭船出發。

在海上航行幾天後，有一天我們發現一座小島，島上的景致美輪美奐，船長決定靠岸休息。大家到了島上，有的燒火煮飯，有的欣賞風景。就在大家流連忘返的時候，船長忽然高聲喊道：「**大家趕緊上船！這不是島，是漂在水上**

的一條巨大的魚。你們在牠身上生火煮飯，牠感到熱氣，已經動起來了。牠一沉下海底，大家就會沒命。」

大家一聽，爭先恐後的向船奔去。很多人還來不及上船，那條大魚已經搖動起來，接著便沉下海去。未能登船的人全都掉入海裡，我也在其中。幸好這時漂來一塊木板，我抓住木板，這才得救。此時船已經揚帆而去。

我抓住木板漂浮在海中，任憑風吹浪打，經過一天一夜，風浪將我推到一個荒島上。島上有野果和泉水，休息幾天後，我開始四處查看。

有一天，我發現了一匹被人拴著的駿馬。正當我感到疑惑時，有個人忽然從旁邊的地洞裡鑽出來，大喝一聲，問道：「你是誰？你從哪裡來？」

我把自己的遭遇告訴了那個人。而他，原來是一個替國王養馬的人。

養馬人將我帶去見國王，國王也對我的遭遇感到很驚奇。他讓我留在宮中任職，負責管理港口，登記過往船隻。

我留下來後便勤勤懇懇、兢兢業業的工作，因此深得國王的賞識和器重。

不過，我也不時向人打聽巴格達的方位，希望有要去巴格達的人，但始終沒能如願，令我悶悶不樂。

一天，我和往常一樣在登記一艘大船上的貨物，我照例問船長，船上還有其他貨物嗎？船長回答，還有一部分貨物，不過它的主人已經遇難，在別的島上失蹤了，他叫辛巴達。我仔細一看，認出了船長，高興的大喊：「船長，你還認得我嗎？我就是貨物的主人辛巴達啊！」

我對船長詳細敘述從巴格達出發，直至島上遇難的經過，並把貨物的種類說得分毫無差。於是船長相信了，把貨物還給了我。

我在當地賣掉貨物，賺了一大筆錢，還挑了幾樣名貴的東西獻給國王，向國王拜別。國王也回贈了我許多禮物。

辭別國王後，我隨著商船回到了故鄉。我用做買賣賺得的錢，大量開拓農田、興家置業，從此，我擁有的家財比我父親留給我的還要多，可以說是富甲一方。

第二次航海旅行

過了一段安穩享福的日子後，我又萌生了出海旅行的念頭。於是，我採買了許多新奇的貨物，再次登船，展開第二次航海旅行。

由於天氣晴朗，航行一帆風順。每到一個城鎮，我們就上岸做生意。有一天，船經過一座美麗的島嶼。船長把船駛到岸邊，讓大家上岸遊覽參觀。我帶著食物，找到一處充滿芬芳氣味的樹蔭底下，一邊吃東西一邊欣賞景色。涼風徐徐吹拂，我竟不知不覺睡著了。

等我醒來，發現周圍空無一人。原來，商船已經開走，只留下我孤零零一個人在島上。我後悔極了，忍不住埋怨自己：「明明上次險些喪命，不汲取教訓，又跑到海上奔波，自討苦吃！」

但我不願意放棄，爬上大樹，向遠方眺望，發現遠處有一幢巍峨的白色圓頂建築。我趕忙走過去一探究竟。來到屋前，我沿著周圍兜了一個圈子，卻不見它的大門，正覺得納悶，就在這個時候，太陽突然不見了，大地一片漆黑。

我抬頭一看，只見一隻身軀龐大、翅膀又寬又長的巨鳥，在空中翱翔，就是牠巨大的身軀遮住了陽光。

我想起以前聽旅人講過的一個故事：據說在某些海島上，有一種身軀龐大的野鳥，被稱為神鷹。眼前這幢白色圓頂建築，原來是顆神鷹蛋。這時，神鷹慢慢飛落下來，收起翅膀，安然孵起蛋來。

我突然靈機一動，立即解下頭上的纏巾，綁住自己的腰，再用另一頭牢牢的綁在神鷹腳上，暗想道：「也許這隻神鷹會把我帶到有人的地方。」

次日清晨，神鷹展開翅膀，帶著我直衝雲霄，飛了許久，最後降落在一處高原上。我急忙解開繩子，脫開神鷹。

神鷹從地上抓起一條又粗又長的大蛇，繼續飛向空中。我四處查看地形，才發現自己腳下是深幽的峽谷，四面是高聳的懸崖。我鼓起勇氣走進山谷，發現那裡遍地都是珍貴的鑽石，卻也盤踞了無數的蟒蛇。那些蟒蛇大得可以一口吞下一頭大象，晝伏夜出，以躲避神鷹獵殺。

夜幕降臨，我哆嗦著徘徊在山谷中，想找個棲身的地方。不久發現一個山洞，洞口很小，就趕緊躲進去，並用一塊大石堵住洞口。可是待我回頭一看，卻見一條大蟒蛇孵著蛋盤臥在洞中。我嚇得全身發抖，莫可奈可，只能整夜提心吊膽，完全不敢闔眼。

好不容易熬到天亮，我迅速推開洞口大石，狂跑出去。飢渴交迫的我，在谷中徘徊觀望，突然間從空中落下一頭牲畜，嚇得我毛骨悚然。

我想起從前聽過一個傳說：據說出產鑽石的地方，都是極深的山谷，人們無法下去採集。鑽石商人就想出一個辦法，把羊扔下山谷，待沾滿鑽石的羊被山中的兀鷹拽著飛到山頂，快要啄食的時候，他們便叫喊著奔去，趕走兀鷹，取走羊上的鑽石。

於是，我立刻收集了許多鑽石，裝滿全身口袋和鞋子，然後躺臥在羊身下，再把自己綁在羊身上。等了一會兒，空中飛下一隻兀鷹，攫著羊騰空而起，一直飛到山頂落下，兀鷹正要啄食羊肉，山崖後忽然發出叫喊和敲木板的聲音，兀鷹聞聲落荒而逃。我趕緊解下繩子，從地上爬了起來，接著就見那鑽石商人疾步跑來，翻過羊身卻什麼也找不著，氣得咒罵：「怎麼會什麼也沒有！難道是魔鬼在作怪嗎？」

突然發現我的存在，他驚愕問道：「你是誰？為什麼到這兒來？」

「你別害怕。」我把自己的遭遇告訴了他，並釋出善意，說：「我這兒有許多鑽石，可以分給你一些。」

商人直呼驚奇：「從來沒有一個人能從山谷活著出來。你真幸運啊！」

平安脫險後，鑽石商帶著我進城，我跟著他增長了不少見識，靠鑽石賺了一筆大財，數年後再次榮歸故里。

第三次航海旅行

我的第三次航海故事，無疑是最離奇的。

那次，我們的船航行在海中，船長站在甲板上眺望，忽然像瘋了一般，大聲狂叫起來：「猿山！是猿山！我們會被猿人吃掉啊！死定了！」

船長的話才說完，**猿人**就出現了。牠們長得極其醜陋、身材短小，卻異常凶猛。牠們從四面八方聚集而來，爬上船，咬壞纜繩和風帆、破壞船身，將東西洗劫一空，還把我們所有人驅趕上岸。之後，就一哄而散不知去向了。

我們受困荒島，饑寒交迫，只好採摘野果充饑，舀河水解渴。不久，有人發現一幢巍峨聳立的高樓，從敞開大門進入，屋裡擺著高大的凳子，爐灶上掛著各種烹調器皿，周圍卻靜悄悄，沒有一個人影。

大家在屋裡坐了一會兒，不見什麼動靜，也顧不了那麼多，就一個個躺在地上睡著了。不知過了多久，地面忽然震動起來，接著從樓上走下來一隻巨大的毛怪，長著一雙火把似的眼睛、一張井口般的大嘴、兩隻蒲扇般的大耳朵，一副獅爪般的指甲，突然向我們伸來，所有人被嚇得魂不附體。

巨怪走到我們面前，將人一個個放在手上，好像在掂估分量，最後挑中最健壯的船長，一口把他吃了。吃完後，就在高凳上呼呼大睡，鼾聲大作。

直到第二天清晨，巨怪醒來後揚長而去，我們才敢開口說話。昨晚那一幕實在太恐怖，有人忍不住大聲泣訴：「我寧願落海淹死，也比被怪物吃掉好，這種死法太悲慘了啊！」

我們強打起精神，離開屋子，打算另外找個躲避的地方，可是走遍全島卻一無所獲。太陽下山後，只好又回到那幢房子裡，暫時棲身。我們才剛坐定，腳下的地面又震動起來，接著巨怪又像昨天那樣，挑了一個滿意的人，飽餐一

頓，然後一覺睡到天亮，又起身而去。

不能坐以待斃，巨怪走後，大家圍在一起商量對策。討論的結果是：「我們先搬些木板和木頭，做一張木筏，然後設法解決巨怪，再乘木筏逃走。」決定後，大家一起動手，完成了木筏，繫在海邊，還在筏上放了些糧食；一切準備妥當，才悄悄回到屋裡。

夜裡，那個巨怪又來了，像惡狼似的挑中目標，正要吞下那人，我和同伴們拿起兩把鐵叉，戳向巨怪雙眼。巨怪痛得狂叫，胡亂揮舞著要抓我們，我們東躲西逃躲過一劫。巨怪摸著大門，跌跌撞撞走了出去。

大家剛鬆了一口氣，沒想到巨怪居然帶來兩個更高大、更醜陋的同類。大家立刻拔腿奔至海邊，乘上木筏，離開海岸。可是那兩個巨怪手中握著石頭，對準我們亂擲，砸死了很多人，最後只剩下我和兩個同伴倖存。

我們三人乘著木筏，在海上漂流了很久，被風浪帶到另一個海島上。上了岸，筋疲力盡的我們就躺在地上睡著了。可是才睡了一會兒，便驚醒過來，看見一條又粗又長的蟒蛇，已經吞掉我們的一個同伴！

第二天晚上，為了防止蟒蛇的襲擊，我和同伴就爬到一棵樹上去過夜。我一直爬到樹頂，躲在枝葉中睡覺。可是我那唯一的同伴，又被夜裡悄悄爬到樹上的大蟒蛇吞入口中吃掉了。我已被驚嚇得不知所措！

次日清晨，我找到幾塊寬木頭，一塊橫綁在腳上，一塊綁在頭上，在身體的前後左右也各綁上一塊。整個身體被木頭緊緊的包圍著，就像置身於木籠之中。當天夜裡，那條大蟒蛇就在我身邊爬來爬去，但是從日落到日出，始終都吃不到我，才悻悻然離去。

我解掉身上的木頭，走向海邊，驚喜的看見海面出現船隻，連忙折了根大樹枝，舉起來，一邊搖擺，一邊大聲呼喊。船上的人發現我，把我救上船。我隨著這艘船，一路順風航行，來到一個港口，商人們爭先恐後攜帶貨物上岸去做生意。船長見我一個人呆呆站在船上，對我說：「現在你身無分文，離鄉背井，我願接濟你，讓你賺點錢，好回家，以後可別忘了我哦！」

「謝謝你的好意，我不會忘記你的大恩大德。」

我拿著貨物進城做買賣，賺了錢，一路風平浪靜，最後回到了家鄉。

第四次航海旅行

安逸日子過久了，我又興起出海經商的念頭，豈料又遇上船難，漂流至一座荒島。幸虧島上長著茂密的植物，我和同伴們採下野果充飢，稍微有了點力氣。這時，突然出現一群大漢，一言不發抓住我們一行人，拖到他們的國王面前。國王吩咐我們坐下，擺出一桌我從沒見過、也不知道是什麼的飯菜招待我們。同伴們饑不擇食，大嚼特嚼起來，只有我沒有胃口，什麼也吃不下。

同伴們吃了那些東西，一個個變得神智不清，呆若木雞，連眼珠也不動了，並且越吃越多。國王命人將我們送給牧人畜養，等養胖了再殺來吃。骨瘦如柴的我，引不起牧人的注意，逐漸地就把我遺忘了。

我找到機會偷偷地溜走，才走不遠，就遇見一位牧人。幸好那牧人看我還

有理智，就好心為我指路：「你向後轉，朝右邊走，就可以找到出路。」

我按照牧人的指示，發現了一條大路，就沿著這條路一直朝前走，整整走了七天七夜。直到第八天，遠方才隱約出現了人影，遠遠觀望後，發現那些人在採胡椒。我慢慢的走過去，那些人對我很好，把我帶到他們居住的島上，並帶我去見他們的國王。國王對我的離奇遭遇驚奇不已，熱情的將我留在宮中，我也慢慢的把前幾次的故事對他說了一遍。

王城裡熱鬧繁華，商品琳琅滿目，

街上車水馬龍。但是我發現，這裡的人們騎馬都不用馬鞍。有一天，我問國王：「陛下，你們騎馬為什麼不用馬鞍？馬鞍不但舒適安全，而且美觀又神氣。」

「馬鞍是什麼？這種東西我們從沒見過。」

「那就請允許我為您打造一副，讓陛下親自騎用，看看它好不好！」

國王同意了，他吩咐侍從給我預備好各種需要的材料，並找來一位手巧的木匠，由我指點他做好了一副馬鞍，又找了一位鐵匠，教他打好一副鐵鐙。一切準備好後，我牽來一匹馬，架上鞍轡，牽著牠去謁見國王。國王見了十分喜歡，親自試騎上一回，覺得格外舒適，非常滿意。

事情漸漸傳開，大臣和大小官員們也紛紛要我為他們製造馬鞍。我將技藝傳授給木匠和鐵匠，製造出大批的馬鞍，賣給他們，賺了不少錢，也成了受歡迎和備受尊重的名人。

有一天，國王對我說：「我要把一個美麗富有的姑娘許配給妳，讓你在這落腳，從此和我們生活在一起。」我接受了國王安排。

婚後，我和妻子彼此相愛，生活非常甜蜜快樂。

有一天，我們鄰居的妻子死了，我前去弔唁，看他愁眉苦臉的樣子，便勸慰道：「你不要過於悲傷，也許將來你能再娶到一位好妻子！」

「我只剩下一天的生命，怎麼可能再娶呢？」他悲慟的說。

「兄弟，你的身體還很健康，為什麼這麼說？」

「這是我們這裡的風俗，夫妻有一方下葬，隔天另一方也必須陪葬。」

「天啊，**這種習俗真是惡劣**，我不能接受！」

「這是老祖宗傳下來的習俗，說這樣夫妻就可以生生世世永不分離。」

「像我這樣的異鄉人，也要遵守這種風俗嗎？」

「那當然。」

在我們說話之際，陸續來了許多人。鄰居跟著他們抬著亡妻棺木，走至城外近海的一座高山上。人們揭起一塊大石頭，用粗繩將夫妻倆繫在一起，把棺木放入深深的洞穴後，把丈夫也放進洞裡，同時放下一罐水、七個麵餅。鄰居在洞中解開繩子，人們把繩子拉回來，用大石頭封住洞口。

葬禮結束了。回家後，我整天提心吊膽，唯恐妻子比我先死。

可是厄運終於來臨，妻子忽然一病不起，幾天工夫，便撒手歸天。許多人來慰問我，國王也派了人來。人們前來為我們舉行的喪禮，我在墓穴口絕望的大喊：「我是異鄉人，別這麼對待我！」

可是沒有人理會。人們把我綁起來，放進洞裡，同樣放下了一罐水、七個麵餅。我不願意解開繩子，人們就把繩子一扔，蓋上石頭走了。

這個墓穴裡彌漫著惡臭。我勉強吃些點東西，喝了幾口水，試探著四處走動。我發現這是一個空曠的大山洞，我給自己安置了一處棲身的角落。接下來的日子，我每過幾天才敢吃喝一點東西，惟恐死期來臨。。

有一天，我在睡夢中被一陣微微的聲響驚醒，我納悶著走過去查看，發現一隻野獸，聽到我的腳步聲，便逃走了。我跟蹤追趕一陣，忽然眼前出現一絲隱隱的亮光，竟是一個通往外面的出口，是被野獸刨開的。

我奮力爬出山洞，站在高山上望向一處人煙罕至的海濱，心中燃起希望。我又鑽回山洞，收拾剩餘的食物，搜羅了許多陪葬者的首飾，出洞走到海岸，在那裡等待船隻經過。

終於，我發現有一艘船在海面上，就把衣服繫在一根樹枝上，高舉起來，沿著海岸邊走邊搖擺，並大聲呼喊。船上的人看到，救起我，把我搜集來的財物也一併搬上船。

我拿出一些財物想送給船長，但他沒有接受。經過數日的航行，我終於平安回到故鄉與家人團聚。

第五次航海旅行

這次出航，我自己買了一艘全新建造的大船，雇了一個船長和一批水手。我們一路航行，每到一個城鎮就上岸經營買賣兼參觀遊覽。有一天，行經一座美麗的小島，大家充滿好奇上岸參觀，竟然發現一顆神鷹蛋，我還來不及阻止，不知情的水手們已經拿石頭砸破它。

「天啊！神鷹會報復我們的！」我嚇得大喊，可是沒有人相信我的話。我指示大家趕快回船上去，迅速開船離開了小島。可是沒多久，兩隻神鷹已經追上來，爪子上抓著一塊大石頭，對著船狠狠砸下來，把船砸沉了。我掙扎著抓住一塊破船板，死裡逃生，被風浪帶到一處沙灘。

我走進樹林中的一條小溪旁，看見那邊坐著一個老人，相貌威嚴，穿著樹葉編成的褲子。我想：「也許他和我一樣，也是一個落海的旅客。」我走過去問候，他一言不發。

「您為什麼坐在這兒？」我問。老人搖搖頭，比著手勢要我把他背到另一條河邊去。我毫不猶豫的背起他，走到那個地方，「到了，您慢慢下來吧！」但是老人沒有下來，反而用兩條像牛蹄子一樣粗的腿緊緊的夾住我的脖子。最後我連氣都喘不過來，眼睛一花，倒在地上，不省人事。

老人對我拳打腳踢，使得昏迷的我痛得醒來。我拚命掙扎著爬起來，不得已只能讓老人騎在肩上，供他奴役使喚，忍氣吞聲地過著苦日子。

有一天，我背著老人走到一處南瓜地，其中許多南瓜已經乾了。我挑了一顆最大的，在南瓜上挖了個洞，扔掉裡面的瓜瓤，帶到葡萄樹下，摘了些葡萄裝在裡面，把洞封上，放在陽光下曬了幾天，釀成葡萄酒，每天喝幾口，鬱悶的心情好多了。

「這是什麼？」老人見我每次喝完都神采奕奕，終於忍不住問我。

「這是一種提神的飲料。」我回答。

老人聽後，搶過南瓜，一口氣把葡萄酒喝個精光，酩酊大醉。我大力扯開脖子上的那兩條粗腿，把老人扔在地上，趁他還沒醒來趕緊逃跑。

好幾天後，我遇上了一群人。他們聽了我的故事，詫異地說：「那個騎在你脖子上的傢伙叫**海老頭**。被他奴役的人，誰也沒法逃命，你真幸運！」

他們邀我一起同行了數日，來到一座名叫「**猴子城**」的地方。這裡每幢房子的門窗都面向大海。據說每天夜裡，城中的人都會乘船離家，在海上過夜，以躲避猴子的騷擾。

我很好奇，與同行的分手，留在城裡準備找地方過夜，這時一個本地人走到我面前，對我說：「先生，看你好像是外地人。來吧！跟我一塊兒到海上過夜，別留在城裡。」

原來，猴子城周圍確實有很多猴子。猴子白天偷城郊果園中的果子，吃飽了，就躲在山中睡覺，睡飽了，夜裡就成群結隊跑進城裡來作亂。因此，這裡的人才會有晚上到海上過夜的習慣。

「你在城裡有工作嗎？」同船過夜的當地人問我，我跟他說了自己的遭遇，告訴他自己幾乎身無分文。那個人聽後，給我一個布口袋，說：「你帶著它，跟城外那些撿石頭的人們一起去討生活，也許你可以賺到一些收入。」

於是那人帶我撿了一袋石頭，把我託付給那些當地人，他們每人身上都帶著一袋石頭。我們一路走到一處山谷，那裡長滿高不可攀的大樹，樹上群居著無數的猴子。猴子們一看到人，便爬上樹去躲起來。人們拿出袋子裡的石頭，不斷的向樹上的猴子扔去，聰明的猴子們模仿他們的動作，摘下樹上的果實還擊。我發現，原來猴子扔下的果子是椰子。

我按照夥伴們的方法，選擇一棵最高的爬滿猴子的大樹，拿出石頭，接二連三的扔到樹上。猴子便摘下椰子扔下來，我裝滿了一整袋的**椰子**，和大夥一塊兒滿載而歸。

我找到介紹自己去拾椰子的朋友，把椰子送給他，對他表示感謝。朋友對我說：「你把這些椰子拿去賣，賺一些錢自己用吧！」他又把一間房間的鑰匙交給我，讓我可以暫時把椰子寄放在那兒。

我聽從了朋友忠告，每天都到山谷裡拾椰子，很長一段日子下來，也因此賺了不少錢，最後還把大批椰子運到船上，搭船繼續航行，每經過一個城市，就上岸販賣椰子，最後，順利回到巴格達的家。

第六次航海旅行

第五次航海回來，我又過起了豪華奢侈的生活，終日歡宴。有一天，家裡來了一群風塵僕僕的商客，個個顯得意氣風發，使我想起舊日航海旅行的樂趣。於是，我再次告別家人，出外旅行經商了。

我搭的船在海上航行一路順風，經過許多有趣的地方。突然有一天，船長突如其來的狂叫一聲，抱頭痛哭起來，大家急忙問是怎麼回事。

「我們走錯航線誤入迷途，怕是回不去了。」船長悲不自勝地說。他爬到桅杆上，準備降下風帆。可是颶風驟起，吹折了桅桿，船舵也被波濤打碎。失去平衡的船隨波逐流，漂到一座高山附近。突然刮起了風暴，船帆被吹破，大船隨波漂到一座高山附近，觸礁沉沒。人們幾乎全部淹死，剩餘的人攀援著爬到山上。這裡堆積著許多破船和財物，說明此處經常發生船難，是個非常危險的地方。

我爬上山的最高處，發現有一條河流，從一座山腰裡流淌出來，一路流向對面的一座山裡。再仔細一看，河床一帶，竟散布著珠寶玉石和各種名貴的礦石，還有珍貴的沉香和龍涎香。

龍涎香像蠟一樣，遇熱溶解，流到海濱，氣味馨香，它被鯨吃下以後，在它們肚子裡起變化，再從鯨口中吐出來，凝結成塊，浮在水上，變了顏色、形狀，漂到岸邊後，被識貨的旅客、商人收起來，名貴得很，很值錢。

我和難友們在海濱尋找了些糧食，儲藏起來，間隔一天或兩天吃一點，勉強維持著生命。但是惡劣的生存環境，使每天都有人支撐不下去。後來死亡的人越來越多，最後只剩下了我一個人。糧食也快要吃完了，我只能顧影自憐，孤寂傷心。

又過了幾天，我絕望了，便動手挖了個深坑，把它當做自己的墳墓，「反正快死了，我就先睡在這坑裡等死，讓風吹來的沙土，掩埋我的屍體吧！」死到臨頭，我懊悔著自己當初不在家鄉過安逸的生活，歷經過五次驚險還要出海冒險，真是自討苦吃！難道我就這樣等死嗎？

我回想起前幾次劫後重生，便不想要輕易放棄。我打算和命運作最後一搏。我想到了那條河，燃起一線希望：「這條河一定有它的起源和盡頭，而且它一定會流向有人煙的地方。」

於是我動身搜集一些沉香木，用從破船中找來的繩索捆紮起來，做成了一隻比河床更窄的木筏。我也搜集了許多珠寶、玉石、錢財和龍涎香，滿滿裝了一木筏，剩餘的一點糧食也帶在身邊。

一切準備就緒後，我把木筏推到河中，坐在裡面，聽天由命的順水而流。我邊划槳邊吟詠道：

走吧，闖出險境！
勇往直前。
遠離故園，
不要哀憐。
天下何處不能棲身？
不必憂心，
人生如夢，
災難總有盡頭。
命運支配著人，
你唯一的依靠是自己。

木筏順水漂流好大一段，進入一個山洞，在黑暗中隨波逐流。到了一處狹窄的地方，木筏兩側緊抵著河岸和岩石，幾乎無法通過。我懊惱極了，心想：

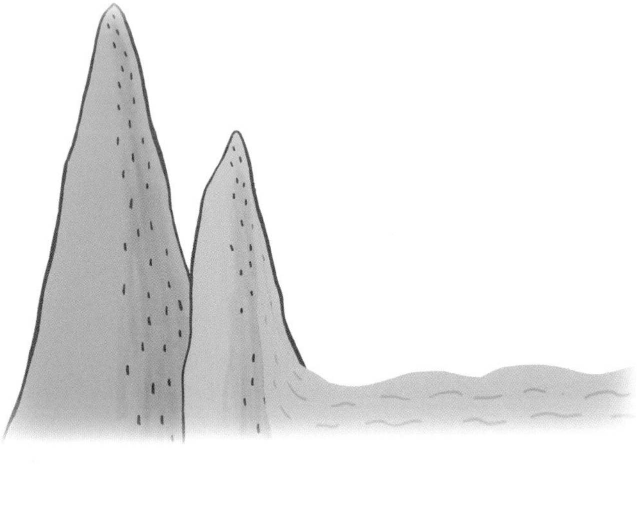

「要是出不去，豈不是要困死在這山洞裡嗎？」但也無計可施，只能緊緊的把臉貼在筏上。我終於被疲勞擊垮，不知不覺地沉入了夢鄉。

一覺醒來，眼前明亮的光線晃得我幾乎睜不開眼。啊，原來我的船兒漂到一處寬闊的地方，不知被誰繫在了河邊。

我發現我周圍站著許多人，他們七嘴八舌的和我說話，後來有人走上前，問我：「你是做什麼的？向來沒有人從山那邊來的，山那邊到底是什麼地方？」

「你們是做什麼的？這兒是什麼地方？」我疑惑地問。

「我們是農夫，剛才看到你從山那邊漂過來，都覺得很奇怪。」

我向他們要了食物，飽餐一頓後，把自己的經歷講述了一遍。他們聽後，覺得這件大事，應該讓國王知道，便帶我進宮覲見他們的國王。

我將自己的身世和各種遭遇一一告訴國王，也把木筏上載來的珠寶、玉石和龍涎香送了一部分給國王，國王非常高興，待我如上賓。我在宮裡住了許久，國王要我介紹一下自己國家的制度和家鄉的風土人情，待我一一敘述之後，國王深感讚賞。

有一天，我打聽到有生意人要航行前往巴斯拉經商。於是我急忙覲見國王，感謝他的熱情款待，並向他表達了想要回到家鄉的決心。國王有些捨不得，極力挽留我，但是我心意已決。

國王知道留不住我，將我託付給那些要準備出航的商人，幫我支付旅費，並且準備了一份禮物，他說：「你們國王是一位明君，我很羨慕、崇拜他，這份禮物，託你帶去送給他。」

我依依不捨地和國王告別後，跟著商船回到巴斯拉。在巴斯拉逗留幾天後，進宮覲見國王轉達了禮物，並把自己的遭遇詳細地講述了一遍。國王聽了嘖嘖稱奇，囑咐史官把這些事蹟記錄下來，作為史料，留傳後世。

第七次航海旅行

最後這趟航海故事和前幾次一樣，我搭上大船出海航行，原本風平浪靜，大家正快樂的聊天，突然間，暴風迎著船頭刮來，船被大風一直吹了數日才終於停下來。船長觀察四周後，面色凝重的說：「我們已經被吹到海洋的盡頭。據說這裡有龐大無比的鯨魚，會吞掉所有經過的船隻。」

聽了船長的話，大家都很驚恐，知道凶多吉少。果然過不了多久，大海中接連出現了三條鯨魚，而且一條比一條更大、更凶猛。船隻被三條凶猛的大鯨包圍著，船身顛簸起來，一會兒衝向空中，一會兒落到海面上，耳畔只聽見雷霆似的聲音轟轟作響。大家相信馬上就要葬身魚腹了。就在此時，大船重重落入海中，粉身碎骨，所有的人和貨物全部落入海中。

我奮力和海浪搏鬥，眼看自己處在這樣凶險的境地，暗暗祈禱：「如果能渡過這次難關，我以後再也不冒險，再也不航海旅行了！」

我趴在貨物箱上漂流了兩天後，幸運地被帶到一處海岸。我四處尋找出路，後來發現了一條湍急的大河。我想起過去航行的經歷，決定靠自己找到一些木頭，編製了一個木筏。終於完成後，我坐在木筏上順水漂流，一路驚險無比的漂流了三天，最後被沖到一座建築美麗、人煙稠密的大城市附近。

岸上的人發現後，把我救了上來。當中有位慈祥的老人特別關照我，帶我去城裡沐浴、熏香，並將我帶回家中，住了三天，精神逐漸恢復了。

老人對我說：「孩子，你要不要和我一起去市場，賣掉你的貨物？」

我不明白老人的意思，心想：「我哪兒有什麼貨物呢？」

「孩子，你不用擔心，我們一起去市場上看看。如果有人買你的貨物，價格合適的話，你就賣了它；如果價格不合你的心意，就將貨物暫時存放在儲藏室裡。」

我跟著老人來到市場上，看見自己的木筏已經被拆開，擺在那裡拍賣，原來那些木頭是檀香木。開盤後，商人們爭相競價，價格一直增到一千金幣。老人對我說：「這就是目前的價錢，你打算怎麼辦？」

「請您來決定好了。」

「孩子，這些檀香木我多出一百金幣，你願意賣給我嗎？」

「好的，就賣給您好了。」

老人吩咐僕人把檀香木搬回家中，又把金幣交給我，還給我一個箱子裝金幣。過了不久，老人說：「孩子，我有事跟你商量。我年紀大了，膝下只有一個女兒。我想把她嫁給你，往後我所有的財產全都由你繼承。你如果要回家鄉也可以，都由你自己決定。」

「您就像我的親生父親一樣，我一切都聽您的就是了。」

老人把女兒嫁給了我，為我們擺下豐盛的筵席。新娘美麗動人，婚後我們也非常幸福而甜蜜。老人病故後，我正式繼承他的遺產，並且繼任他擔當商界領導的職務。我也因此經常和城裡的男人往來。

久而久之，我發現了他們的祕密：每月的月初時，城裡的男人們身上都會長出兩隻翅膀，還能飛起來在空中翱翔，留下女人和孩子出城去。我很好奇，

想要一探究竟，便向一個人央求道：「你帶我一起飛去吧！」

那人斷然拒絕，我卻不放棄，苦苦哀求下，他才勉強答應。我沒有告訴妻子，當夜就騎在那人背上，隨那些男人飛到天空，我興奮地大喊，突然「霹叭」一聲響，天空閃出萬道火焰，差一點燒到人們身上。大家嚇得飛快逃避，最後落在一座高山。我成了眾矢之的，大家氣憤的大罵埋怨我，最後一哄而散，撇下我一個人獨自在山上。

我苦悶的在山中徘徊，走投無路。突然，迎面走來兩個可愛的孩子，各拄著一根金杖。他們遞給我一根金杖，就轉身離開了。我拄著金杖，邊走邊想那兩古怪的孩子很。前面突然出現一條大蟒蛇，嘴裡銜著一個男人。男人大聲呼救：「誰能救救我，我可以幫他消除苦難。」

我趕忙走過去，用金杖趕跑蟒蛇。那人感激涕零的對我說：「好心人，從此我將追隨你，終身侍奉你。」

我與他結伴而行，不久後，遇見那位帶著我遨遊天空的人，我誠心的向他道歉，他也同意帶著我回城。

妻子知道後，一再囑咐我：「以後你別和他們來往了，那些人是魔鬼！」

「從前你父親和他們結交來往，是為什麼呢？」

「我父親和他們不同派。我看我們不能再留在這裡，還是趕緊賣掉所有的產業和貨物，回到你的家鄉去吧！」

我欣然接受妻子的建議，帶著妻子和財物啟航，一帆風順的回到故鄉巴格達，和親友重逢。從此，我就不再航海旅行，在故鄉盡享天倫之樂。

航海家辛巴達談了第七次航海旅行的情況後，對搬運工辛巴達說：「你這位陸地上的辛巴達先生，對於我的經歷和遭遇，現在該清楚了吧？」

「我現在知道了你曾經的艱辛，真的很欽佩你啊！」

「我絕非向你誇耀我的成功，我的財富。我希望你明白，**年輕時不管遭遇任何痛苦，都應盡量忍受，不可輕舉妄動。而且碰到任何危險，不要輕易失去希望。**」

在往後的日子裡，航海家辛巴達始終樂善好施，慷慨好客，經常設宴招待親友，一直過著幸福愉快的生活。

故事四　阿里巴巴和四十大盜

很久以前，波斯國的某座城市裡有兩個兄弟，哥哥叫高西姆，弟弟叫阿里巴巴。他倆在父親去世後分得了有限的家產，各自生活。不久後，高西姆成了富商，而阿里巴巴則靠砍柴為生，每天趕著毛驢去叢林裡砍柴，然後再帶到市場上販賣。

一天，阿里巴巴砍完柴後，正準備下山，突然發現有一支馬隊朝他這邊直奔而來。阿里巴巴非常害怕，迅速爬到一棵大樹上躲避。一眨眼，那群人馬已經停在樹旁，在樹下的一塊大石頭前一齊下馬。阿里巴巴判斷這些人應該是一群強盜，總共有四十人。

強盜們把馬綁在樹下，取出鞍袋，裡面裝滿了金銀財寶。強盜首領來到那塊大石洞前大呼：「芝麻開門！」洞門立刻應聲而開，強盜們背著鞍袋進入裡面，門又自動關上。過了一會兒，山洞的門再度打開，強盜們出來後，首領說：

「芝麻關門！」洞門就自動關上。強盜們重新上馬，揚長而去。

阿里巴巴確定強盜已經走遠，才爬下樹來。他覺得很好奇，於是也學著強盜首領，走到大石洞前大聲說：「芝麻開門！」

話音剛落，洞門立刻打開了。他走進去後發現原來那是個很大的山洞，裡面堆滿無數的財物。阿里巴巴拿了幾袋金幣，捆在木柴裡面，然後用咒語讓洞門關閉，這才趕著背了金幣的毛驢回家。

阿里巴巴回到家，把事情的來龍去脈都告訴了老婆，並吩咐她千萬不能讓別人知道這件事。老婆看著眼前的金幣，高興得不知該如何是好。為了弄清楚金幣的數量，她急忙跑到高西姆家借量器。高西姆的老婆答應了，但她悄悄地在量器底部塗上了一層蜜蠟，就可以黏住所量的東西。

當阿里巴巴量完金幣，把量器還給高西姆時，高西姆的老婆看見蜜蠟上黏著一塊金幣後，非常妒忌，就把這件事告訴高西姆。高西姆聽了，也很妒忌，就去逼問弟弟。無奈之下，阿里巴巴只能把遇見強盜的事告訴哥哥。

「你必須把那個山洞的具體地點以及兩句開門和關門的咒語告訴我，否則我就去報官，把你抓去坐牢。」高西姆威脅道。

於是，阿里巴巴把所有細節一五一十地告訴了高西姆。

高西姆之死

第二天天剛亮，高西姆趕著十匹騾子，來到山中，找到了那個石洞。他大聲地喊道：「**芝麻開門！**」洞門直接開啟。高西姆走進去，看見眼前的金銀財寶，頓時驚訝萬分。接著，高西姆裝了許多金幣，一袋袋挪到門前，準備出洞。可是他居然忘記咒語，一口氣喊了好多名稱，唯獨想不起「**芝麻**」兩字。

到了半夜，強盜們搶劫回來，看到山洞附近有一群騾子，便提高警覺嚴正以待。他們唸了咒語，洞門開了。高西姆趁著強盜沒有防備，想要衝出洞口逃之夭夭，卻被強盜轉身發現而砍死了。

強盜們對於有人知道山洞的祕密感到很意外，他們把高西姆的衣物掛在山洞內門口左右兩側，作為對偷潛入山洞者的警告。

當天深夜，高西姆沒有回家，他的妻子以為他外出訪友，不以為意，但他家中有一位女僕瑪律基娜，聰明機伶，發覺情況不妙，主人從未晚歸，她就跑去找阿里巴巴。阿里巴巴猜想到哥哥可能出事了。

於是，天亮後，他就趕著三匹毛驢，去山中找哥哥。他走到洞前，喊了聲：「芝麻開門！」洞門開了，他看見強盜的警示和高西姆的屍體後，驚恐萬分，趕緊把屍體帶回去。

阿里巴巴回到高西姆家，將哥哥橫死的情形講述給嫂嫂聽，又叮囑要嚴守祕密，免得被強盜們知道，引來殺身之禍，他就和女僕瑪律基娜商量，如何暗中處理哥哥的後事。然後瑪律基娜戴上面紗，到裁縫鋪找到一位高明的老裁縫，給他一枚金幣，說：「我要用一塊布蒙住你的眼睛，請跟我走一趟吧！」裁縫不肯，瑪律基娜又給了他一枚金幣，裁縫答應了。

裁縫被女僕用手巾蒙住眼睛，跟她到高西姆家，走進一間漆黑的房間。這時，瑪律基娜才揭開手巾，吩咐他為高西姆量製壽衣。

裁縫完成後，瑪律基娜又給了他一枚金幣，再次蒙上他的眼睛，把他送回裁縫鋪。完成這些事情後，阿里巴巴才按傳統儀式為高西姆舉辦葬禮。對於高西姆的死，除了高西姆的老婆、阿里巴巴和瑪律基娜三人外，再也沒有人知道真相。

機智的僕人

有一天，強盜們返回山洞，發現高西姆的屍體不見了，而且金幣又少了很多。強盜們知道有人已經完全掌握這個山洞的祕密。為了杜絕後患，強盜首領派了一個人到城裡，試圖找出那個知道祕密的人。

那個強盜進城後，就在街上四處閒逛。街上的商店都還沒有開門，只有裁縫的店開著，老裁縫正在裡面做針線活。強盜問他：「天才剛亮，你怎麼就開始做針線活啦？你做得可真好！是怎麼辦到的啊？」

「我的眼力好得很呢！昨天，我還在一間黑房子裡縫製壽衣呢！」

強盜一聽，連忙從裁縫嘴裡套話，並塞給他一枚金幣。裁縫把情況照實告訴強盜。強盜又給了他一枚金幣，並且蒙上他的眼睛，讓他憑感覺找到那個地方。

裁縫蒙上眼睛，帶著強盜找到高西姆的家，現在是阿里巴巴住在裡面，成為這裡的主人。強盜在高西姆家的大門上畫了一個白色的記號，便急忙趕回山洞。

瑪律基娜出門時，無意間看見了那個記號，大吃一驚。她沉思了一會兒，拿起粉筆在所有住戶的大門上畫了同樣的記號。

強盜們來的時候，發現所有住戶的大門上都有同

樣的記號，根本無法找到高西姆家。於是，強盜首領便另派一名強盜重新再去尋找。

這個強盜也用同樣的方法，買通裁縫，找到高西姆家，然後他用紅色粉筆畫了一個記號，以為萬無一失，便得意地回去報告首領。

結果瑪律基娜回家時，發現那個紅色記號，她立刻在附近住戶的門上也畫了同樣的記號。

這回，強盜們和上次一樣，什麼也沒找到。強盜首領惱羞成怒，把任務失敗的兩人關起來，一方面決定自己親自出馬。他找到那個裁縫，在裁縫的幫助下，來到高西姆家。他記取前兩次的教訓，不做任何記號，只是牢牢記住地點。

接著，他馬上回到山洞，對強盜們說：「現在準備十九匹騾子和菜油，以及三十八個甕。到時候，你們每個人都藏在一個甕裡。除了我和兩個被關的人，共是三十七個人，剩下一個甕用來放油。所有的甕由十九匹騾子背著。我扮成賣油的商人，運油進城。天黑時，我就到那傢伙的家借宿一晚。然後我想辦法在適當的時機把你們叫出來，一起動手搶回財物。」

強盜們依照首領的計策準備好後，強盜首領就裝扮成賣油商人，趕著騾子進城。天黑時，他來到了高西姆家門外。這是強盜們的第三回合行動，他們格外慎重。

阿里巴巴正在屋前散步，強盜首領趁機向他問好：「我是從外地進城來賣油的商人，現在天黑了，一時找不到住處，懇求您讓我暫住一晚，好把貨物卸下來，餵餵牲口。」

阿里巴巴根本沒認出強盜首領，就答應了。不但把貨倉空出來讓他放貨物，還吩咐瑪律基娜給客人預備晚飯。

強盜首領連忙卸下甕，擺到廚房裡，餵騾喝水和吃飼料。而他也得到阿里巴巴熱情的招待。強盜首領吃過晚飯，來到廚房裡，壓低聲音交代手下人：「半夜，你們聽到我的呼喊聲，就馬上出來行動。」說完，他就到阿里巴巴為他準備的寢室睡覺。

晚上，瑪律基娜來到廚房，這時候燈沒油了，她想到那些甕裡有油，就打算去添點油。當她走到一個甕前，藏在甕中的強盜聽見腳步聲，以為是首領來叫他們行動，便輕聲地問道：「現在是我們出去報復的時候了嗎？」

瑪律基娜突然聽見這聲音，嚇得後退一步，但是她馬上鎮靜地回答：「還不到時候。」她走到每個甕前，都壓低嗓音說一句：「還不到時候。」

當她走到最後一個甕前的時候，發現裡面裝滿菜油，立刻就有了主意。她從甕中取出一大鍋油，把油煮沸，往每個甕裡澆進一瓢沸油，那些強盜就一個個被燙死了。

強盜首領半夜醒來，拍手發出暗號，手下卻毫

無動靜。他再拍手，並出聲呼喚，仍然沒有任何反應。他慌了，連忙趕到廚房，聞到那些甕裡都散發出一股熏鼻的焦味。他逐個打開後，才發現裡面的人全被燙死了。強盜首領又害怕又生氣，只好翻牆連夜逃走。

第二天，瑪律基娜將整件事情都告訴阿里巴巴，阿里巴巴在後花園挖了個大坑埋葬強盜們。瑪律基娜提醒阿里巴巴，要小心強盜首領回來報復。

強盜首領失敗後，很不甘心，發誓要報仇雪恨。他在城中租了間商店，從山洞中搬來一些頂級的貨物，擺在商店裡，裝模作樣的做起生意來。

很不湊巧，強盜首領的商店對面，就是原來高西姆的商店，現在由他的兒子，也就是阿里巴巴的侄子經營。強盜首領拚命巴結周圍商店的老闆們，也對阿里巴巴的侄子格外熱情。

過了幾天，阿里巴巴到商店去探望侄子。強盜首領看見了，認出阿里巴巴，忙向他的侄子打聽阿里巴巴的情況。

「阿里巴巴是我的叔叔。」他說。

於是，強盜首領便巴結阿里巴巴的侄子，給他許多好處，還經常請客，招待他吃吃喝喝。

過了一段時間，阿里巴巴的侄子覺得應該回請強盜首領，他就進去向阿里巴巴提出要求。阿里巴巴說：「明天就把你朋友請到家裡來吃飯吧，我會好好招待他的。」

第二天，阿里巴巴的侄子把強盜首領請到家中。但是阿里巴巴沒有認出強盜首領來。

瑪律基娜為他們準備豐盛的晚飯。擺菜時，她看了看客人，一眼就認出這個商人就是一直想謀害主人的強盜首領。瑪律基娜又仔細觀察了一會，發現那人的罩袍下面藏著一把短劍，她決定要先發制人，除掉敵人。

筵席上，賓主三人一邊吃喝一邊聊天，似乎十分開心。瑪律基娜一直在暗中監視著強盜首領的一舉一動，她靈機一動，換上了一身歌女的服裝，在衣服裡藏了一把鋒利的匕首。

瑪律基娜打扮好後，走到客廳，表示願意表演歌舞，讓賓主盡歡。阿里巴巴答應了她。

於是，瑪律基娜大顯身手，她那輕盈的步子和婀娜的舞姿，讓三人都陶醉其中。而正當他們看得入神時，瑪律基娜抽出匕首，小心的握在手裡，然後按表演的慣例向在座的客人乞討賞錢。

強盜首領見她走近，便掏出腰包準備給賞錢。這時瑪律基娜鼓足勇氣，把匕首對準強盜首領的心窩，一刀殺了他。

阿里巴巴大吃一驚，責問道：「你這是幹什麼啊？」

「我的主人啊，我救了你的性命。」

阿里巴巴搜出強盜首領身上的短劍，驚得目瞪口呆。他明白了一切後，感激的對瑪律基娜說：「你兩次都救了我的命，我要報答你。現在你不再是奴僕，我要恢復你的自由，還要把你許配給我的侄子，你可願意？」

阿里巴巴的侄子也高興的答應。

於是，阿里巴巴就為侄子和瑪律基娜主持婚禮。從那個時候起，阿里巴巴便專心經營生意，並將山洞中的財寶拿來，分給侄子和自己的子孫。他們就這樣一直過著幸福美滿的生活。

故事五　阿拉丁和神燈

很久以前，在巴格達城中，有一個窮裁縫名叫穆斯塔發，他有個獨生子，名叫阿拉丁。

阿拉丁生性貪玩，是個非常頑皮的孩子。十歲時，父親讓他學裁縫，但是阿拉丁不願意好好學。穆斯塔發大為失望，不久就因病去世了。失去父親的管教後，阿拉丁變得更加貪玩，家中全靠母親織布來維持生計。

阿拉丁十五歲那年，城裡來了個從非洲來的魔法師，他看見阿拉丁在街上玩耍，就站在一邊仔細觀察阿拉丁的相貌，然後又向人打聽他的事情後，就走到阿拉丁身邊，拉著他問道：「孩子，你是裁縫穆斯塔發的兒子嗎？」

「沒錯，不過我父親早就死了。」

魔法師聽後，摟著阿拉丁哭了起來，說道：「孩子，我是你父親的哥哥，長期流浪在外，這次特地回家鄉看他，沒想到他已經死了。」

說完，他掏出十個金幣交給阿拉丁，並說第二天會去探望阿拉丁和他的母親。阿拉丁很高興的跑回家，把金幣交給母親，並將這件事情告訴她。

母親感到很驚訝，說：「我知道你父親有一個哥哥，但我從來沒有見過，因為他早就死了呀！」

第二天一早，魔法師就找上阿拉丁，說：「你快回家告訴你母親，說我晚上過去吃飯。」然後，又給了阿拉丁一些錢。

晚上，阿拉丁的母親準備好豐盛的飯菜。魔法師帶著很多禮物前來，坐下後就哭哭啼啼地問阿拉丁的母親：「我弟弟生前經常坐的是哪個位置啊？」

阿拉丁的母親指了那個位置，魔法師就伏在那兒，痛哭流涕地說：「弟弟，我們怎麼連最後一面都沒見到呀！」

阿拉丁的母親看他哭得極為傷心，被深深的打動，於是相信了魔法師的話。她好言安慰他，並熱情的招待他。

魔法師與阿拉丁的母親攀談起來，他說：「弟媳啊！你從來沒有見過我，關於我的情況你一點都不知道，這並不奇怪。四十年前我離開這裡，開始過著流浪的生活。我去過許多地方，最後在非洲的摩洛哥定居下來，一住就是三十年。我這次大老遠的回來，就是想要見到我弟弟，但沒料到弟弟居然去世了。我真的是悲痛極了。現在我唯一可以感到安慰的是，看到弟弟的後代，阿拉丁都已經長這麼大了！」

魔法師說著，轉向阿拉丁，問：「孩子，你有什麼本領，現在在做什麼呢？」

阿拉丁無言以對，羞愧得低下頭。他母親迫不及待地說道：「不瞞你說，他整天遊手好閒，什麼正事也不做。我年紀大了，還要每天織布來養活他，真是苦不堪言啊！」

魔法師聽了，裝出一副同情的樣子，對阿拉丁說：「孩子啊，你母親年紀大了，還要辛苦養活你，這可是不行的呀！你說吧，想學什麼手藝，只要可以謀生，當伯父的都會全力幫你、教導你的。」

阿拉丁默不作聲。魔法師又說：「如果你不喜歡學手藝，那你願意經商嗎？

我可以幫你開間店鋪，準備各種貨物，讓你去經營，將來賺大錢。」

阿拉丁聽了伯父的話後喜出望外，露出了笑容。

魔法師藉機說：「你既然願意做生意，我一定會盡力幫助你，讓你將來成為一個富商。明早，我帶你去買一件好看的衣服。」

這回，阿拉丁母親心中的疑慮完全打消，因為除非是丈夫的親哥哥，誰會無緣無故出錢幫助阿拉丁。

第二天清晨，魔法師果然來帶阿拉丁上街買衣服。他拉著阿拉丁一塊兒來到市場，進入一家服裝店，對阿拉丁說：「孩子，你喜歡什麼款式，自己挑吧！」

阿拉丁滿心歡喜，挑了一套自己最喜歡的衣服。魔法師付了錢，然後帶阿拉丁上澡堂洗澡。離開澡堂後，他又不辭勞累，帶阿拉丁去逛熱鬧的市集。魔法師就這樣帶著阿拉丁玩了一整天，一直到天黑才送他回家。

阿拉丁的母親看見兒子吃飽喝足，又穿了一身漂亮衣服，非常感激魔法師。

魔法師假惺惺地說：「他是我弟弟的孩子，就等於我的親生孩子啊！明天，我打算一早就帶他去市集，在那兒，他可以認識到很多富商名流，對他日後經商會有很多好處。」

阿拉丁聽了，興奮不已，整夜睡不著覺，一直等待到天亮。

戒指神與燈神

第二天清晨，魔法師果然又來帶走阿拉丁。他說道：「侄兒啊，今天我要帶你去市集，你肯定大開眼界！」他們有說有笑的到處參觀市集，阿拉丁完全陶醉在眼前的琳琅滿目，深深被吸引住。

魔法師對他說：「孩子，你先休息一會兒，然後我帶你去我們今天的目的地吧！」

阿拉丁跟著魔法師漸漸遠離了城市，走了很遠的路，阿拉丁都快吃不消了，最後才終於走到魔法師所謂的目的地。

魔法師非常高興，對阿拉丁說：「過一會兒，你就會看到世間最奇妙的景象呢！不過我還需要你去撿些碎木片和樹枝回來。」阿拉丁照做了。

魔法師把碎木片和樹枝點燃，從口袋中掏出一個別緻的小匣子，打開後，從裡面取出些乳香，撒在火焰中，對著冒起來的青煙低聲唸起咒語。

在濃煙的籠罩下，大地突然震動起來，一聲巨響，地面居然裂開了。

阿拉丁一看，大吃一驚，嚇得拔腿就跑。魔法師見了，舉手狠狠一巴掌打在阿拉丁頭上，阿拉丁痛得昏倒在地。當他慢慢甦醒來後，看到身邊的魔法師，忍不住委屈的哭泣起來：「伯父，我犯了什麼錯，您為什麼這樣打我呀？」

「孩子，我做的一切都是為了你啊！你要爭氣，不可以逃避，必須照我說的去做。我會讓你變成一個富有的人！」

這時候，那裂開的地方逐漸顯露出一塊長方形的石板，當中繫著一個銅環。魔法師對阿拉丁說：「孩子，這塊石板下面埋藏著一個寶庫。你過來，握著那個銅環，把石板揭開。你揭開石板後，走進去，該怎麼做我會告訴你。你記住，寶庫中藏有許多寶藏，多到你無法想像，就算是國王的財富也遠遠比不上。你拿到後，這些東西就是你的、當然也要算我一份。」

阿拉丁非常驚訝，頓時把疲勞和疼痛都忘了。他對魔法師說：「伯父，你儘管吩咐，我會照你的話去做的。」

「現在你握住銅環，把石板揭開吧！我不能幫你，因為除了你之外，別人是不能碰這個寶藏的。」

阿拉丁走到石板面前，握住銅環，確實毫不費勁的就把石板拉開了。石板下面是一個地道口，有十二級臺階通向地下。

魔法師連忙指揮阿拉丁說：「孩子，照著我所說的話去做。你走下臺階，到了底層，那裡有四間房子，每間房子中擺著四個黃金或白銀的罈子，裡面裝的全是無價的珠寶。你要小心，千萬別碰它們，繼續往前走。當你走到第四間房子時，會看到屋中有另一扇關著的房門。只要推開它，便可進入一座花園。園中的果樹結滿各種金碧輝煌的果實。你沿著當中的通道往前走，大約五十步遠的地方，有一間富麗堂皇的大廳。大廳的天花板上掛著一盞油燈，廳中還有一個梯子。你沿著梯子上去，取下油燈，倒掉燈油，然後把燈帶回來。」

魔法師說完，從手上脫下一個**戒指**交給阿拉丁，說：「這個戒指能夠保護你。照我的話去做吧，你會成為世界上最富有的人。」

阿拉丁遵照魔法師的吩咐，走下臺階，進入地道，小心的穿過那四間房子，來到花園，然後進入大廳，爬上梯子，取下油燈，吹滅它，倒掉燈油，把它裝進胸前的衣袋裡，回到花園中。

阿拉丁漫步在花園中，那些樹上結的果子都是碩大的名貴珠寶玉石，讓人歎為觀止。不識貨的他摘了一些裝在衣袋裡，暗自說：「我要拿回家玩。」

然後，阿拉丁匆匆地離開花園，按照來時的路線，走過四間屋子，爬上了地道。當他上最後一級臺階時，因為這一級特別高，他身上帶著的珠寶果實太多，爬不上去，所以他對著洞口喊：「伯父，伸出手來，把我拉上去吧！」

「孩子，你快把油燈遞給我，減輕你的負擔。」

「伯父，這盞燈不重的，你先把我拉出去，我再把油燈給你好了。」

其實這個非洲來的魔法師根本不是阿拉丁的伯父。他常年研究巫術。有一天，他從一本魔法書中知道巴格達郊區某座山腳下有一個巨大的寶藏。其中最奇妙的是一盞神燈，擁有它，便能夠擁有一切。儘管他知道寶藏藏在哪，但必須藉由其他人的幫助才能獲取寶物，他便選中了阿拉丁。於是他假冒成阿拉丁的伯父，不辭辛勞的把他騙來這裡，唯一的目的就是要得到**神燈**，因此堅持要阿拉丁立刻把燈給他。

但是阿拉丁先把油燈裝在衣袋裡，後來又裝進不少珠寶果實，把衣袋裝得鼓鼓的，已經拿不了油燈，所以想先出來，再把油燈交給魔法師。魔法師卻不明白這點，見阿拉丁不肯給，便怒不可遏，索性唸起咒語，拿乳香往火中一撒，石板又蓋了回去，地面上的裂口合攏，把阿拉丁困在了地道中。

魔法師沒能如願得到神燈，垂頭喪氣的回非洲老家去了。

阿拉丁被埋在地道中，大聲向魔法師呼救，卻始終得不到回應。這時候，阿拉丁逐漸醒悟，那個魔法師根本就不是什麼伯父，而是一個懂得法術的騙子。

阿拉丁走回底層，可是那裡一片黑暗，原來魔法師用魔法將寶庫裡所有的房門都關上了。阿拉丁找不到任何通道，便傷心的痛哭起來。

他想到自己悲慘的處境，難過的一直搓手祈禱，卻無意中摩擦了手上那枚戒指，一個高大的巨神就這麼出現在他面前，聲音洪亮地說：「主人，你有什麼事，只管吩咐。我是戒指主人的僕人，誰擁有這枚戒指，我便聽誰使喚。」

阿拉丁看著這個樣子像妖魔一樣的巨人，嚇得渾身發抖，但他鼓起勇氣說：「戒指的僕人啊！我要你把我帶到地面上去。」

阿拉丁話音剛落，大地突然裂開。在地道裡關了三天之後，他終於回到地面上，就站在原來寶藏的入口處。阿拉丁連忙跑回家中。一見到母親，已筋疲力盡的阿拉丁，終於支撐不住，昏倒在地。

阿拉丁的母親連忙將他扶起來，拿水灑在他臉上。這時阿拉丁才慢慢甦醒過來。吃了母親拿來的食物，精神才好了一些，就把整件事情的來龍去脈都告訴母親。

「孩子啊，你說得沒錯，」阿拉丁的母親聽了兒子的敘述後，說：「這是個利用法術來害人的惡魔。」

阿拉丁說完後，就因過度疲勞馬上睡著了，一直睡到第二天中午才醒來。睜開眼後，他向母親要東西吃，但母親說：「兒子，家裡的食物昨天都被你吃完了。你先等一等，我把紡好的一點棉紗拿去賣，再給你買吃的。」

「那不如先把我拿回來的那盞燈賣掉，油燈總比棉紗更值錢吧！」

母親同意兒子的意見，拿起燈，覺得它很髒，於是抓了把沙土，想把燈擦乾淨些。剛擦了一下，一個面目兇惡的巨神便出現在他們面前。他粗聲粗氣的對阿拉丁的母親說：「你要我做什麼，只管吩咐吧。我是這盞油燈主人的僕人，會按照你的命令行事。」

阿拉丁的母親嚇得昏了過去。阿拉丁

連忙跑過來，見過戒指神的他，從容地對燈神說：「我餓了，你弄些可口的飯菜來吧！」

燈神聽了，一會兒便端來豐盛的飯菜，擺在一個銀托盤中，美味的菜肴盛在金盤子裡，香醇的酒裝在金杯和革製的酒瓶中。燈神擺好一桌飯菜後就消失了。阿拉丁的母親甦醒過來，看到滿桌子豐盛無比的菜肴，十分詫異。阿拉丁告訴她，這些都是剛才那個燈神弄來的。

母子倆從沒吃過這樣的珍饈美味。他們吃飽後，母親便對阿拉丁說：「兒子，我求你把這盞燈和這個戒指扔掉吧！和妖怪來往，會招來禍事的！」

「媽媽，這盞油燈得來不易呢，我們必須留下它。今後要靠它過活，它會讓我們富裕起來。至於這枚戒指，沒有它我就不會活著回到你身邊，日後它也可以保佑我平安呢。只要這件事我們不再對任何人說就行了。」

「兒子，那就聽你的吧！我只是不希望再看見那些可怕的僕人就行了。」

阿拉丁母子的生活安定下來，靠著燈神拿來的食物過日子。食物吃完後，阿拉丁再把那些銀盤金杯拿去賣錢。就這樣，金錢越來越多，他們的家境也逐漸改善。同時，隨著年齡的增長，阿拉丁終於明白他從地下花園裡帶回來的那些果子不是玻璃，而是名貴稀罕的珠寶。

往後的日子裡，阿拉丁改掉遊手好閒的毛病，常常到市場上跟生意人學習本領。有一天，他照常去市場，走在大街上，聽到一個大臣高聲對老百姓說：「奉國王之命，今天公主要去澡堂沐浴，命令城中的商店停業，居民閉戶一天。期間禁止居民外出，違者死罪。」阿拉丁聽後，對此事引發極大的興趣，一心要看國王的女兒一眼。

他躲在澡堂的穿堂後面，耐心等待公主到來。公主在奴婢的簇擁下，姍姍來到澡堂。她一進大門，便取下面紗。躲在那裡的阿拉丁看得一清二楚，他完全被公主美麗的容貌和迷人的風采吸引住了。

阿拉丁對公主一見鐘情，從此變得茶飯不思，寢食難安。他的母親很著急，就對他說：「兒子，你哪裡不舒服啊？我請個醫生來給你看看吧！」

於是阿拉丁把那天見到公主的情景告訴母親，並且說：「我要娶公主做妻子，否則，我的心無法安定。」

「兒子啊，別人會以為你瘋了呢！快打消這個不切實際的念頭吧！」

「母親，請你進宮幫我向國王提親吧！」

「你是裁縫的兒子，我們怎麼敢娶公主做媳婦呢？國王也不會和我們這樣的平民結為親家的。」

「母親，你說的這些我都明白。但如果你真心愛我，求你幫助我吧！」。

阿拉丁的母親聽了兒子的話，歎著氣說：「好吧，兒子，我願意替你去說這門親事。可是我們拿什麼禮物來送給國王呢？」

「母親，我以前從那個寶庫裡拿來的果實不是玻璃做的，都是些無價的寶石。你可以把寶石裝在裡面，那是獻給皇上的最好的禮物。」

阿拉丁的母親只好帶著寶石，天天到皇宮去希望能覲見國王，可是普通老百姓要見到國王卻不是那麼容易的。幾週過去了，後來她才知道國王只有在「**接**

見日」這天，才會開放一個百姓晉見。直到過了將近一個月，國王才注意到這位總是站在門外一旁的婦人，終於接見她。

「婦人，你有什麼話要對我說嗎？我可以滿足你的要求。」

「如果我說錯了話，先懇求陛下饒恕。」

「你只管說吧！我不會怪罪你的。」

阿拉丁的母親惶恐地說道：「陛下，我的兒子阿拉丁想娶公主為妻。因為自從他看到公主後，就一直茶飯不思，對公主十分鐘情，已經到了沒有她就活不下去的地步。我沒有辦法，只能十分冒昧的來懇求陛下體諒我們母子的苦衷吧！」

國王聽後，哈哈大笑一陣後，他接著問：「你手裡拿的是什麼東西？」

阿拉丁的母親將寶石取出來，獻給國王。霎那間，整個大廳都閃爍著寶石熠熠的光彩。

國王看到這些稀罕、名貴、體積特大的寶石，感到十分驚訝，情不自禁地說：「我還從沒見過這樣的寶石呢！」接著他問宰相：「你覺得如何呢？」

「陛下，這樣名貴的珠寶我也從沒見過。」

「這麼說，進貢這些珠寶的人是最適合做公主的丈夫的啦？」

宰相愣了一會兒，因為國王曾答應將公主嫁給他的兒子。他連忙說：「陛下，您曾答應將公主嫁給我的兒子。現在請陛下寬限臣三個月，讓臣的兒子籌備一份更名貴的禮物獻給陛下，作為聘禮。」

國王同意了，他對阿拉丁的母親說：「回去告訴你兒子，我答應把公主嫁給他，不過要等三個月後才能舉行婚禮，我要替公主準備一份嫁妝。」阿拉丁的母親心懷感激，便滿心歡喜的回家了。阿拉丁聽了母親的話後也非常高興。於是，他耐心等待期滿的一天，就要和公主結為夫妻。

阿拉丁等了兩個月後，沒想到有一天，他母親上街時看到家家戶戶張燈結彩，整個城市熱鬧非凡。她一打聽，才知道這事是一樁大事，原來今晚公主要和宰相的兒子結婚。她傷心地回到家中，把這個壞消息告訴了兒子。

阿拉丁知道後，故作鎮定地打發母親先去做飯。他自己關起門，取出神燈，用手一擦，燈神便出現。阿拉丁吩咐道：「今晚公主要和宰相的兒子結婚，等他們準備睡覺時，你就把他們帶到我這來。」

「遵命，我的主人。」

晚上吃過飯後，阿拉丁走進房間，果然看見燈神將那對新婚夫妻連床一起搬過來了。他又吩咐燈神：「把新郎弄出去，暫時關在廁所裡。」燈神馬上照辦，回來後再問阿拉丁：「還有別的吩咐嗎？」

「明早你把他倆帶回宮去就行。」燈神答應後，就消失了。

阿拉丁滿心喜悅地對公主說：「美麗的公主啊！不用害怕，你父親曾答應將你嫁給我，我這麼做是為了保護你。現在你就在這裡安心休息吧！」

阿拉丁說完便倒在床上睡著了。公主看到自己身處這麼一個陰暗不堪的地方，嚇得一句話也說不出來。而宰相的兒子則待在廁所裡，震懾於燈神的威力，一整夜擔心受怕。

第二天黎明，燈神出現，將這對新婚夫婦送回了王宮。沒多久，國王來探望公主，公主卻默不作聲。國王只得離開，回宮把這件事告訴王后。

王后匆匆來到新房，著急地問：「女兒，是不是發生了什麼事？你快告訴我，讓母親為你做主。」公主無奈，只得把昨晚的遭遇都告訴母親。

後來，王后私下召見宰相的兒子，向他打聽情況。宰相的兒子怕說出實情，會拆散他和公主的婚姻，就向王后撒了謊，沒有說出真相。王后信以為真，以為女兒只是做了一個噩夢，就歡歡喜喜的陪女兒出席婚宴。

宴會上，只有公主一直愁眉不展。而這天晚上，阿拉丁又讓燈神將公主夫婦二人帶回家裡，同樣的情況再次重演。

次日清晨，國王又去探望女兒。但公主仍然愁眉苦臉，一聲不吭。國王急了，逼問公主究竟是怎麼回事。公主只得將事情和盤托出。國王聽了，很心痛地說：「女兒，今晚我會派人保護你，不再讓你受苦了。」

國王又去詢問宰相的兒子，宰相的兒子見事情已無法隱瞞，只得將實情說出，並且請求國王：「懇請陛下解除我和公主的婚約，還我自由吧！這種日子我再也受不了了。」

國王大失所望，立刻下令解除了公主和宰相兒子的婚約，但他把自己對阿拉丁母親的承諾也完全忘了。

阿拉丁等到三個月期滿的一天，便讓母親去見國王，懇求履行諾言。國王看見阿拉丁的母親，這才想起自己曾經的承諾，感到非常為難。他看不上那位婦人卑微的樣子，但又很喜歡上次她帶來的禮物，而且自己說過的話也不能輕易反悔，於是他就向宰相問計。

宰相因為兒子的婚事不成，心生怨恨，他說：「陛下，像這樣平凡的人根本就配不上高貴的公主。我建議您在聘禮方面提高條件，要他用四十個金沙製成的大盤，盛滿上回獻給陛下的那種名貴寶石，讓侍女端著送進宮來，作為娶公主的聘禮。如果他做不到，我們就拒絕他，也不算食言。」

國王聽了宰相的主意，非常高興。他召見阿拉丁的母親，告訴她如果能夠準備這樣的聘禮，就會馬上會把公主嫁給她兒子。阿拉丁的母親回到家，失望的將國王苛刻的條件告訴了兒子。阿拉丁卻不以為然，他回到房間，取出神燈一擦，燈神便出現在眼前，阿拉丁吩咐他按照國王的要求準備聘禮。

「我的主人，你放心，一切照辦不誤。」燈神說完就離開了。

一小時後，燈神再次出現，帶來阿拉丁所要的一切。阿拉丁便讓母親，領著侍女們把聘禮送進宮。阿拉丁的母親走在前面，侍女們頂著金盤，一個個跟在後面，每個侍女身邊都伴隨著一個僕人，大家慢慢走向皇宮。街上的行人們紛紛駐足讚歎。

一行人進入皇宮後，王公貴族見了侍女們華麗的服飾和手中輝煌燦爛的寶石，都目瞪口呆。就連國王見了，一時也呆若木雞。

這時，宰相又妒忌地說：「陛下不要只看重聘禮，卻忘了公主的身分啊！」

國王沒有理會他，對阿拉丁的母親說：「在幾小時內能籌出這樣一筆財寶，像這樣的人是應該被選為駙馬的。我同意把女兒嫁給你兒子，你讓他馬上進宮來見我吧！」

阿拉丁的母親馬上回家把這個喜訊告訴了兒子。阿拉丁拿出神燈，將燈一擦，燈神又出現了。「我要你把我帶到舉世罕見的一座澡堂去沐浴，並給我預備一套氣派的御用衣冠。」

燈神照做了，阿拉丁在一座富麗堂皇的澡堂裡沐浴後，穿上氣派十足的衣服。他容光煥發，一下子變成了儀表出眾的人物。

阿拉丁穿戴整齊，回到家的時候，又吩咐燈神為自己準備覲見國王的儀仗隊伍。燈神為他準備好一切後，阿拉丁騎上一匹馬，帶著自己的親衛隊來到王宮，那種排場只有王宮大臣才能享有。

國王看到儀表堂堂的阿拉丁後，非常高興，讓他坐在自己旁邊，親密的和他交談。阿拉丁禮節嫺熟，出口成章，看得國王和大臣們都滿心歡喜。只有宰相見了後，怒氣中燒。

國王表示要在今晚為公主和阿拉丁舉行婚禮。阿拉丁說：「陛下，我想先為公主建一幢適合她崇高地位和尊貴身份的宮殿，以表示我對她的愛慕和誠意。然後再與公主舉行婚禮。」國王答應了。

阿拉丁告別國王，回到家中，取出神燈一擦，燈神便出現在眼前，說：「我的主人，你需要什麼？」

「我要你在皇宮前面那塊空地上，以最快的速度，為我建造一幢富麗堂皇的宮殿。裡面的擺設、家具要應有盡有，還必須是名貴的物品。」燈神聽見後，便應聲而去。

翌日清晨，燈神出現在阿拉丁面前，說道：「主人，宮殿已經完工了，請隨我一起去看看吧！」燈神背著阿拉丁飛起來，一會兒就來到新宮殿前。阿拉丁看著眼前這幢巍峨壯麗的建築，感到非常滿意。他走進宮殿，其中的擺設和家具也是華麗富貴，

繽紛多彩。

阿拉丁仔細查看後，對燈神說：「還有一件事要你做。我還需要一張金絲編織的、品質最好的、又寬又長的織錦地毯，從我的宮殿一直鋪到王宮，正式迎接公主。」燈神應諾而去。不一會兒，就有了一條非常美麗的地毯鋪在兩座宮殿之間。

當天清晨，國王醒來後推開窗子一看，只見皇宮對面出現一幢宏偉壯麗的宮殿。他揉一揉自己的眼睛，還以為是幻覺，他又看見兩個宮殿之間那塊稀罕華麗的地毯，更是驚得目瞪口呆。

這時，宰相匆忙進宮來覲見國王。君臣兩人談論起這件不可思議的事情。

「你現在該承認阿拉丁夠資格做公主的丈夫了吧！」國王揚揚得意地說。

「陛下，要在一夜之間建造這樣一幢宮殿，只有魔法師才能辦得到吧！」

「你總愛誹謗阿拉丁，其實你是在妒忌他吧！」

宰相知道國王很喜愛阿拉丁，內心更氣憤，便不再吭聲。當天，國王就為公主和阿拉丁舉行了盛大的婚禮。阿拉丁把公主迎到全新建成的宮殿裡，屋內華麗的陳設讓公主也讚歎不已。他們二人相親相愛，過著非常幸福的生活。

婚後，阿拉丁樂善好施，又喜愛交友、善騎馬、射箭，經常參加皇宮的各種競賽，聲譽和地位日益顯赫。這時，邊境突然發生了外敵入侵的消息。國王命令阿拉丁領軍至前線禦敵。在戰火紛飛的陣地上，阿拉丁身先士卒，大顯身手，殺得敵人大敗。捷報傳來，舉國歡騰。由於他殲敵有功，博得朝野的欽佩和愛戴，人們更加崇拜他、擁護他了。

魔法師復仇記

話說非洲魔法師回故鄉後，不甘心自己的失敗，對此事總是耿耿於懷。有一天，他取出沙盤來占卜，想知道阿拉丁的下場和神燈的去向。沒想到，占卜的結果卻是阿拉丁早已逃出地道，成為神燈的主人，並且和國王的女兒結了婚。

魔法師為此氣得發抖，說：「我絕不能讓這個小子坐享其成。」

於是魔法師懷著希望和復仇的複雜心情，風塵僕僕的趕到了巴格達。他到大街上蹓躂，側耳細聽人們的談話。有的人讚美新宮殿的宏偉壯麗，有的人誇讚阿拉丁的慷慨善良，有的人欣賞他儀表堂堂、英勇善戰。魔法師擠到一個正在誇讚阿拉丁的年輕人身旁，插嘴問：「你說的這個人是誰啊？」

「看來你是外鄉人吧，不然怎麼會沒聽過赫赫有名的阿拉丁呢？他那幢富麗堂皇的宮殿已經名揚天下，他的名聲和威望已經與國王齊名了。」

「我最大的願望是看一看那幢宮殿。麻煩您，帶我去看看吧！」

年輕人答應了，把魔法師帶到了阿拉丁的那幢宮殿前。魔法師仔細打量了

宮殿一番，知道只有燈神才能建起這樣的宮殿，心裡更是氣憤到了極點。他回到旅店，取出沙盤，卜了一卦，尋找神燈的所在位置。結果他發現神燈在新宮殿裡，不在阿拉丁身邊。於是，魔法師心生一計。

魔法師買了一些油燈，放在籃子裡。他打扮成一位賣油燈的人，手裡提著一籃油燈，邊走邊高喊：「快來啊，舊燈換新燈啦！」

人們聽見了，都譏笑他是個瘋子，圍著他看熱鬧的人越聚越多。小孩子尤其好奇，跟在他後面嘲弄他。魔法師滿不在乎，一直往前走，終於來到了阿拉丁的宮殿前。他提高音量叫喚，希望引起公主的注意。

這時，公主湊巧坐在窗前眺望景致，突然聽見一陣陣吵鬧聲，便從窗口往下看，還要女僕去瞭解情況。

女僕回來後把情況告訴公主，公主忍不住哈哈大笑。婢女們也七嘴八舌的議論起來。

有人說：「這人說的一定不是真話。」

有人說：「公主，我見過主人房裡有一盞舊油燈，不如我們把它拿去換一盞新的，可以證實一下他說的話是真還是假。」

關於神燈的祕密，公主根本不知道。因此，她同意侍女的建議，讓人把神燈拿下去和魔法師換新油燈。

魔法師當然換了新的油燈給她。一拿到神燈，立刻把它揣在衣袋裡，拔腿就跑，遠遠的離開城市，跑到郊外，荒無人煙的地方。等到夜幕降臨，才掏出神燈一擦，燈神隨即刻出現，說道：「主人，你有什麼吩咐？」

「我要你把阿拉丁的宮殿，連同裡面的人和物品，還有我本人，全都搬到非洲去。」燈神毫不猶豫的答應了。轉瞬間，魔法師和阿拉丁的宮殿，全都被燈神搬到了非洲。

清晨，國王一如往常，就憑窗起床觀望女兒的宮殿，卻發現那裡成了一片平地，連個建築物的影子都沒有。他既吃驚又恐懼，連忙召宰相進宮。宰相看到宮殿憑空消失了，對國王說：「陛下，臣曾一再提醒您，那幢宮殿和其他的東西，全是用魔法變出來的。」

國王聽了，火冒三丈，狂怒地吼道：「阿拉丁到哪兒去了？」

「他上山打獵去了。」

國王急忙命令，派侍衛去逮捕阿拉丁。

衛兵們獵區找到了阿拉丁，把他押解到宮中。國王不問青紅皂白，就要對阿拉丁用刑。劊子手奉命，準備行刑。因為阿拉丁平時慷慨善良，博得了人們的尊重和愛戴，百姓們聽說了國王的命令，一窩蜂的湧進宮去為阿拉丁求情。

國王見湧進宮來的人群越來越多，擔心群情激憤，只得收回成命，暫時不殺阿拉丁。阿拉丁暫時死裡逃生，他不解地面見國王，說道：「陛下，我不知道自己犯了什麼罪觸犯了您呢？」

國王把阿拉丁拉到窗戶邊，指著窗外質問：「你的宮殿呢？我的女兒呢？」

阿拉丁也對眼前的景象大感震驚與不解，說：「陛下，我也不知道宮殿和公主的去向，就連發生了什麼事，我也一無所知啊！」

「阿拉丁，我命令你趕快去調查這件事，把公主找回來。」

「遵命，陛下！四十天後我要是還不能把公主帶回來，就回來自首，任憑陛下處置！」

阿拉丁智鬥魔法師

阿拉丁離開皇宮，走在大街上，恍恍惚惚地遊蕩了兩天，對所發生的一切不知所措。他毫無目的向郊外走去，他來到一條河，絕望得幾乎想投河自盡。但他又忽然想起自己當年在地道中的遭遇，看到了手上戴著的那枚戒指，如夢初醒，雙手一搓，戒指神出現在他面前，說：「主人，要我做什麼，請吩咐吧！」

阿拉丁歡天喜地的說：「我要你把公主和宮殿，以及宮中的一切，都給我搬回原處。」

「主人啊，這件事我無法完成。那是燈神能做的，我無能為力。」

「那你就把我送到宮殿和公主那兒去吧！」

「是！」戒指神背著阿拉丁騰空飛起，把他送到了宮殿前。

阿拉丁看到自己的宮殿，心中的苦惱消解了許多。此時已是夜深人靜，多日奔波的他已經疲憊不堪，就坐在一棵樹下睡著了。他一覺睡到天亮，一骨碌爬起來，走到宮殿前打量，思考該如何才能見到妻子。

說來也巧，這時公主的侍女剛好打開窗戶，一眼就看見了坐在屋下的阿拉丁。她迫不及待地嚷道：「公主，那是我家的主人阿拉丁呢！」

公主忙走到窗前一望，果然看到了丈夫，兩人目光相遇，高興地熱淚盈眶。公主對阿拉丁說：「你快從側門進來，那個傢伙現在不在屋裡。」

阿拉丁來到公主面前，夫妻重逢，欣慰的互相擁抱、親吻。公主隨即把自己怎樣換油燈，然後發現被搬來這裡的遭遇告訴阿拉丁。

「那個壞傢伙把我和宮殿搬來這裡後，每天來這兒一次，向我求婚，要我忘掉你，可是我始終不肯搭理他。」

「他把那盞神燈放在什麼地方了？」

「他隨身帶著，一刻也不離身，就在他胸前的衣袋裡。」

「公主，我有辦法對付他了。我暫時離開一會兒，換掉這套衣服，再來見你。你不要感到奇怪，派個女僕守在側門，幫我我開門。」阿拉丁交代完畢，立刻離開宮殿，不停的往前走。他在半路上和一個農夫交換衣服，扮成農夫，又到市集上買了一瓶藥性強烈的麻醉藥，揣在懷裡，急忙趕回宮殿。

阿拉丁回到公主面前，說：「你打扮一番，穿上最華麗的衣裙。等那個壞蛋來時，你就裝出眉開眼笑的樣子，並勸他喝幾杯酒，你滴些麻醉劑在酒中，他只要喝一點點，就會完全失去知覺。」

公主照著丈夫的意思，打扮得花枝招展。這時候，魔法師來了，公主便笑吟吟地去迎接他。魔法師見了，以為公主改變了心意，頓時喜不自禁。

公主讓魔法師坐在自己身邊，親切地說：「如果你願意，陪我喝幾杯吧！這幾天我好孤單寂寞，你說的沒錯，阿拉丁應該被我父王處死了，不會再來了。

我想讓你代替阿拉丁，陪伴我終身，今晚，一起痛痛快快地喝幾杯吧！」

魔法師被公主的甜言蜜語迷得忘我，和公主邊聊天邊喝起酒來。當魔法師微醉時，公主趁機說：「我們那兒有一個風俗，相愛的雙方要彼此交換酒杯，各飲盡一杯，就算訂下終身。」說完，她拿起魔法師的酒杯，倒了一杯酒放在自己面前，又把自己的杯子遞給女僕，讓她按照先前的安排，倒了一杯有麻醉劑的酒，遞給魔法師。魔法師已經是喝得飄飄然，舉起酒杯一飲而盡。不久，他便頭暈眼花，倒了下去。

女僕立即奔到樓下，開了側門，讓阿拉丁進來。阿拉丁跑上樓後，看見公主已經麻醉了魔法師，高興地擁抱公主。接著他從魔法師懷裡掏出神燈，再拔出腰刀，結束了魔法師的性命。

阿拉丁擦了一下神燈，請燈神把宮殿搬回巴格達，放在皇宮前面的老地方。

第二天清晨，他們就回到了故鄉。夫妻倆高高興興地穿戴整齊，進宮去覲見國王。自從失去女兒後，國王每天都傷心哭泣。這天清晨，他又打開窗戶，忽然看見眼前的宮殿，簡直不敢相信自己的眼睛。

國王迫不及待地吩咐侍從，準備出門前去查看。卻看見阿拉丁和公主已經朝皇宮走來，父女倆抱頭痛哭。公主和阿拉丁把整件事情的經過，都告訴了國王。

國王摟著阿拉丁，親切地說：「孩子，原諒我吧！當時我失去了唯一的女兒，實在太痛苦了，你能理解嗎？」

「陛下，這全是那個魔法師一手造成的，我怎麼會不理解呢！」

為慶祝公主和駙馬阿拉丁平安歸來，國王下令大擺筵席，熱熱鬧鬧歡慶了一個月。

故事六　烏木馬

相傳古代波斯國有個執掌大權的國王。有一天，有位哲人進宮求見，他手中抬著一匹烏木馬，想要獻給國王。

國王好奇地問：「這匹烏木馬有何用呢？」

哲人說：「它能帶著騎它的人飛到任何地方。」

國王說：「把這匹馬獻給我，你希望得到什麼賞賜？」

哲人說：「請陛下將公主許配給我做妻子。」

國王答應了，但想先測試那匹烏木馬。這時候，站在一旁的王子覺得很好奇，就自告奮勇說：「父王，就讓我來騎，測試一下這匹馬的能耐吧！」

說完，王子一躍騎上烏木馬，哲人教王子按住木馬身上的一個按鈕。王子伸手一按住按鈕，木馬便震動起來，帶著他騰空而起。烏木馬越飛越高，直到看不見地面，王子心生害怕，只能自己研究烏木馬身上的按鈕功能。經過一番

試驗，他終於可以能夠得心應手地駕馭烏木馬了。

王子騎著烏木馬飛了一陣子，來到了一座美麗的城市，城中有一座宏偉華麗的宮殿，就將烏木馬降落在宮殿的屋頂上。

原來這是沙那城公主的行宮。這時候，公主在一群婢女的簇擁下走進宮中。王子找到樓梯，進入宮中。女僕見到一個陌生男子居然出現公主面前，嚇得驚慌失措。

只有公主神色自若，開口問道：「你是誰？為什麼突然出現在這裡？」

「尊貴的公主，我是波斯國的王子。」

僕人急忙回到王宮，把事情報告給國王。國王趕到行宮，看到女兒和一個英俊的青年正在聊天，懷疑女兒是被一個魔鬼誘惑，揮舉寶劍作勢要處置王子。

「我是波斯國的王子，您是不能隨便殺我的！」

「如果你是王子，為什麼不經我的同意突然闖進公主行宮來呢？」

「我喜歡您的女兒，想要娶她為妻。難道你見過比我更優秀的女婿嗎？」

「你既然要娶我女兒，就該帶聘禮前來正式求婚，而不該這樣偷偷地進來，敗壞公主的名聲。」

「這樣吧！明天我和國王的軍隊決鬥。如果我贏了，就可以娶走公主。」

國王覺得自己穩操勝算，就欣然同意了。

第二天，國王帶著軍隊列陣，準備和王子比武。

王子對國王說：「請吩咐人把我那匹停在屋頂上的馬拿來吧！」

「在屋頂上？馬怎麼能上屋頂呢？」

王子一派從容，國王驚奇地回頭吩咐侍從道：「你們進宮去，瞧瞧屋頂上有什麼東西。有馬匹的話，趕快給我帶下來。」

大家對國王此話驚奇不已，面面相覷，議論道：「馬兒怎麼能上那麼高的樓梯？真是奇談怪論！」

侍從們遵照國王的命令上了行宮的屋頂，果然發現一匹駿馬站在上面，非常雄壯可愛。他們一看，居然是用象牙和烏木製造的，大家哈哈大笑，說道：

「那個小伙子所說的，原來就是這匹戰馬呀。他瘋了！等著看吧！」

侍衛們將烏木馬抬到王子面前。國王詫異地問：「這就是你的馬？」

「沒錯，陛下，它的威力一會兒你就會看到。不過請您先讓您的士兵退後一箭之遠，我才會上馬。」國王命令士兵離開退到不遠的地方。

王子這才說道：「陛下，現在我要騎馬兒了。我準備襲擊你的兵馬，他們會膽顫心驚，抱頭鼠竄而逃的。」

「好吧，你儘管放手比武吧！可別留情，我的人馬是不會手下留情的。」

王子從容的跨上烏木馬，勒轉馬頭，做出準備衝鋒陷陣的樣子。然後，他在萬眾矚目下，伸手按了升騰的按鈕，馬便震動騰飛起來，一直飛入雲霄。

國王看見這種情景，又驚又怒，大臣們也覺得事有蹊蹺，連忙告訴國王：「陛下，這個人顯然是個大魔法師，他自行離去，自然是最好不過了。」

國王回到宮中，將事情告訴了公主。公主因為王子離開，心情十分痛苦，經不住思念，竟然病得臥床不起。

王子駕馭烏木馬飛到空中，擺脫了危險。他很快的飛回了波斯國，將烏木馬停在王宮的屋頂上，就去覲見父王。

國王看見兒子平安歸來，欣喜若狂，熱切的摟著他。王子向國王打聽製造烏木馬的那個哲人的下落。國王說：「那個壞蛋，害得我們父子分離，我把他永遠監禁起來了。」

「父王啊，那個哲人一點也沒有騙人呢！烏木馬的確可以飛到任何地方去，它還讓我認識了一位美麗的公主。」

王子將自己的遭遇告訴了國王，國王聽了，釋放了哲人，大加賞賜，將他當做貴客款待。可是因為哲人相貌醜陋，國王始終不肯兌現承諾將女兒嫁給他，因此引起哲人的怨恨。

王子對沙那城公主念念不忘。一天，他又偷偷跨上烏木馬，按下按鈕，騎著烏木馬去沙那城尋找公主。

王子將烏木馬停在公主行宮的屋頂上，然後四處尋找公主的蹤影，終於在

臥室裡找到了朝思暮想的公主。公主看到王子後，又驚又喜，說道：「你為什麼丟下我揚長而去呢？沒有你，我的日子不知道該怎麼過。」

王子問：「你願意跟隨我到我的國家去嗎？」

公主回答：「當然，我非常願意。」

王子握著公主的手，帶她跨上烏木馬，讓她坐在自己前面，然後按下按鈕，兩個人隨即和烏木馬飛上了天空，一路飛回到波斯國。

王子將烏木馬降落在城外的御花園中，把公主安置在行宮裡，說道：「你暫且在這裡休息，我先進城去覲見父王，給你預備寢宮，然後派人來接你，讓你風風光光的走進王宮。」公主同意了。

王子匆匆入宮，覲見父王，說道：「父王，我已經把我深愛的那位公主帶來了。現在她在御花園，請父王準備儀仗隊伍，前去迎接她。」

「好極了。」國王立刻吩咐宮女布置宮廷，文武百官穿戴朝服，準備前去迎接公主。

當人們忙著籌備時，那個製造烏木馬的哲人來到御花園採集標本。他聞到一陣從公主身上散發出來的芬芳香味。哲人尋香而去，赫然在屋前看見烏木馬。他檢查了一番，發現馬兒毫髮無傷，正打算騎馬離去，又忽然想道：「我倒要看看王子帶回了什麼。」

他闖進宮中，看到一位美若天仙的女人坐在裡面，一看就知道她是王子提到的那位準備迎接進城的公主。於是，哲人靈機一動，跪在她面前說：「公主，我是王子差遣來迎接你的。」

「王子在哪兒？」

「他和國王在皇宮裡，馬上就要來迎接你了。」

公主看著哲人醜陋的容貌，說道：「難道除了你之外，王子就沒有其他人可以差遣嗎？」

哲人哈哈大笑，說：「公主啊，請不要以貌取人。您若像王子一樣了解我，一定會稱讚我的。」

公主這時信以為真，就起身跟哲人走，哲人把公主騙上烏木馬，自己也上了馬，按下按鈕，烏木馬便騰空飛了起來。

等王子準備就緒後，來到御花園迎接公主。可是他走進屋子，裡面卻空無一人，屋前的烏木馬也不知去向。王子心生懷疑，自言自語的說：「我沒有告訴過任何人烏木馬的祕密，難道是那個哲人所為嗎？」他找到園丁，園丁告訴他只有哲人來過這兒。王子聽後，確定帶走公主和烏木馬的正是哲人。

哲人帶著公主騎在烏木馬上，越飛越遠。公主疑惑的說：「你說王子派你來接我，王子在哪裡呢？」

哲人原形畢露，說道：「那是我騙你的。這匹馬是我親手製造的，可是被王子搶走。現在我把它奪回來，並且把你搶走。我算是藉機報了仇。從今以後，你就安心的跟著我吧，不用再想他了。」

「天啊！我拋棄父母又和愛人失散了。」公主痛哭流涕。

哲人騎著烏木馬，一直飛到希臘境內，降落在一個平原上。恰巧那天希臘國王外出打獵，從這兒經過，一眼就看見哲人、公主和烏木馬，立刻吩咐隨從逮捕他們。他們被押解到希臘國王面前，國王見公美若天仙，哲人醜陋無比，就問公主：「姑娘，你和他是什麼關係？」

「她是我的妻子！」哲人搶著回答。

公主否認道：「陛下，他不是我丈夫。我不認識他，是他把我騙到這兒來。」

聽了公主的控訴，國王下令將哲人關進監獄，而把公主和烏木馬帶回王宮。可是他不知道這匹馬的用途，也不會駕馭它。

公主失蹤後，王子十分苦惱，決定出城尋找公主。他跋山涉水，走了許多地方，到處打聽公主的下落，最後來到了希臘。

他在旅店中住宿，意外聽見大家談論一件奇聞：有一天，國王外出打獵，在郊外發現一個醜陋的老頭、一個漂亮的少女和一匹烏木馬。老頭說少女是他的妻子，少女卻斷然否認。國王就把老頭關押起來。

王子聽了，連忙上前詢問少女和烏木馬的下落，接著就動身趕赴京城。

當他準備進城的時候，卻被守城的士兵攔住，原來按希臘的規定，外來旅客必須經過國王審問、登記，才能獲准居留。那天王子趕到京城時，時間已晚，國王已退朝，沒法辦理居留手續。不得已，守城的士兵只好把他帶到監獄中，看管一夜。因為王子長得氣宇不凡，獄卒很禮遇他、照顧他。

聽他自我介紹是從波斯來的，獄卒就對他說：「獄中就關著一個醜陋的波斯人，是國王打獵時在郊外發現的。他冒充哲人，身邊帶著一位美麗的女郎和一匹精巧細緻的烏木馬。那位美麗的姑娘被國王接進王宮，備受寵愛，可惜她瘋了，國王正到處找人替她治病。而那匹烏木馬現在還放在國王的倉庫中。關在監獄裡的波斯老頭整天長噓短歎的，吵得我們都不能安穩睡覺呢！」

當夜，王子睡在獄中，他也聽到哲人的歎息：「該死的我啊，欺騙王子、搶走公主，真是自作孽啊！」王子就在一旁和他搭話，哲人沒有聽出是王子的

聲音，還以為是碰到了患難知己，就把自己的身世和遭遇對他吐露。

次日，守城的士兵將王子帶到王宮覲見希臘國王。國王問他：「你叫什麼名字？從哪兒來？來希臘做什麼？」

「我叫哈爾吉，是波斯人，精通醫學，專門替人治病。」

「尊貴的醫生啊！你來得正是時候，我們正需要您呢！」聽了王子的回答，國王十分高興，他詳細描述女郎生病的情況，最後允諾道：「如果你能醫好她的瘋病，你要什麼我都可以給你。」

「我願意盡力為她治病。請陛下告訴我，

她幾時發的病？她和哲人、烏木馬是怎樣被發現的？」

國王詳細敘述當日發現他們的情況，最後說道：「哲人關在監獄裡，那匹烏木馬保存在一座宮殿倉庫裡。」

「陛下，我想先看看那匹烏木馬，也許對治療會有幫助。」

國王滿口應允，帶著王子來到藏馬的宮殿倉庫中。王子仔細檢查，發現烏木馬完好無損，十分高興。他對國王說：「現在我該為那位姑娘治病了。」

國王把他帶到公主的房間，只見她蓬頭垢面，瘋瘋癲癲地吵鬧著。其實公主不是真病而是裝瘋，是為了維護自身的清白。所以王子溫柔地和她說話，安撫她。公主認出了王子，過分歡喜，狂叫一聲，昏了過去。國王以為她是因為害怕自己的緣故，就先出去了。

王子抱起公主，悄聲地對她說：「親愛的，不要擔心，我會帶你離開這裡的。你要暫時忍耐一下，過會兒那個國王進來，你要敷衍他，讓他看到你的病有了起色，這樣他才會信任我。」

「我全都聽你的。」公主甜蜜地說。

王子從容地走出房間，對國王說：「陛下，托您洪福，我剛為她醫治過，已經有些成效。現在請陛下進去，好言安慰她吧！」

國王走進房間，公主一見便起身迎接。國王歡喜若狂，吩咐婢女好好服侍她。婢女們遵命，為公主沐浴、熏香，穿上宮服，戴上首飾，把她打扮得俏麗多姿。國王見了，更加歡喜，對王子說：「這全是你的功勞啊，醫生。」

「陛下，要讓她完全康復，還有一個一勞永逸的辦法。那就是，請陛下率領文武百官和部隊，帶著那匹烏木馬，一起到那天陛下打獵遇到他們的地方，讓我在那兒斬妖除魔，這樣就可以永保她安然無恙了。」

「好極了，就這麼辦吧！」國王隨即下令軍隊出發，並吩咐抬出烏木馬，然後率領百官，前往郊外，來到捕獲哲人的地方。王子指揮人馬列隊站在一旁，並指示將烏木馬和公主一起安置在稍遠處，國王和隊伍隱約可見的地方。

一切布置妥當後，王子便對國王說：「懇求陛下准我焚香、唸咒，收服妖魔，不讓它再來糾纏姑娘。我收了妖魔，會帶姑娘跨上馬，烏木馬會動起來，向前行進。等它走到陛下面前，一切工作便完成了。」

國王十分信任王子，率領人馬聽他擺佈，大家眼睜睜地等著看他收妖。王子趁機跨上烏木馬，讓公主騎在前面，他伸手開動按鈕，木馬便飛了起來，越飛越高，最後揚長而去。

國王和部下等了半天，始終不見他們飛回來，這才發現被騙，只能垂頭喪氣的回到宮裡。大臣們勸慰國王：「陛下，那個奪走姑娘的傢伙肯定是個大魔法師。現在他走了，就不會再來糾纏陛下，您應該感到高興才是。」

王子救了公主，一路飛回波斯的王宮，降落在自己為公主預備的宮殿裡。他讓公主住下來，便急忙進宮覲見父王母后，報告救回公主的消息和經過。

國王和王后十分歡喜，吩咐辦理筵席，替王子和公主舉行婚禮，整整歡慶了一個月。

國王愛子心切，為避免再次發生意外，便燒毀烏木馬，永絕後患。新婚之後，王子準備了厚禮並致信給沙那城國王，報告他和公主結婚的消息。沙那城國王知道公主安然無恙後十分高興，終於安心。此後，王子和公主一直住在波斯國，過著美滿而幸福的生活。

故事七　洗染匠和理髮師

相傳古代亞歷山大城中有兩個手藝很好的人，一個以洗染布料為業，名叫凱鄂，另一個是理髮師，叫綏爾。他們同住在一條街上，理髮店和染坊彼此相連。雖然兩人是鄰居，性格卻大不相同。

染匠凱鄂是個十分懶惰的大騙子。顧客送布料去洗染，他往往找藉口說要買顏料，先索取工資。工資一拿到手，便大吃大喝，並偷偷賣掉顧客的布。等到顧客來取衣料，他又找出各種藉口，一拖再拖。

有一回，凱鄂替一個蠻漢洗染，照例拿了錢卻賣掉他的布。蠻漢一次次催討，凱鄂都逃避不還。蠻漢非常生氣把他告上法庭。法官派人搜查凱鄂的染坊，發現裡面除了幾個破染缸外，什麼都沒有，就查封染坊，並告訴凱鄂：「你要還清欠顧客的東西後，才能重新開業。」

凱鄂知道自己已經走投無路了，就遊說他的鄰居——正直老實的理髮師綏

爾——和他一起出外發展。

凱鄂說：「你看這裡經濟不景氣，我們這種小本生意真是無利可圖啊！反正我們都有手藝，為什麼不另謀高就呢？」接著他又說：「老兄，現在我們就結為兄弟，你我之間可不再分彼此。從今以後，我們必須努力經營，互相幫助，誰有事做，盡量幫助另一個人，彼此同甘苦共患難，尋求幸福。」

聽了凱鄂的話，綏爾很心動，決定離開，便關閉理髮店，和凱鄂搭上了一艘大船到外地經營生意。

在船上，綏爾擔憂的對凱鄂說：「兄弟，我們帶的糧食有限，是不夠兩人吃的。我想幫船上的乘客理髮，以此換取食物。」

「你去吧！」凱鄂說罷，便倒頭呼呼大睡。

綏爾在船上招攬生意。這艘船上除了他，沒有別的理髮師，因此他的生意很好，換得不少食物，帶回與凱鄂分享。凱鄂每天只管吃喝，但是綏爾一句怨言也沒有。這樣過了二十天，船終於靠岸。

兩人離船登岸，到了城裡，他們在旅店租了房間，凱鄂隨即倒在床上不動。另一邊的綏爾忙著布置，買了生活日用品，煮好飯菜，端到凱鄂面前。吃飽後，凱鄂說：「我頭很暈。」說罷，又去睡覺了。

接下來的日子中，綏爾每天到市場上去給人理髮，辛苦賺錢維持兩人的生活。雖然凱鄂每天仍是大吃大喝，綏爾依然任勞任怨地供養他，就這樣一直過了四十天。

到了第四十一天，綏爾突然患病，在他生病的頭四天，凱鄂依舊本性不改，對綏爾的病不聞不問。只是，綏爾的病日益嚴重，房裡已經快沒吃的，於是，飢餓的凱鄂，迫不得已想看看還有什麼能吃的，就去翻綏爾的衣服，意外發現了綏爾的錢包，便把所有錢都偷走。

凱鄂的王家染坊

凱鄂用那些錢買了一件華麗的衣服，在城中蹓躂。他看見城市繽紛美麗，但城中的人都只穿白色或藍色的衣服，沒有別的顏色。凱鄂走到一家染坊門前，見裡面的衣服全是藍色的。於是，他掏出手帕遞給老闆，說：「請替我染一染這塊手帕，要多少錢？」

「二十塊錢。」

「在我們家鄉，染這塊手帕，只要兩塊錢就行了。」

「這是我們這裡的定價，一分錢都不能少。」

「那你替我染成紅色的吧！」

「我只會染藍色，其他的顏色我不會。」

「那你聘用我吧！」

老闆不耐煩的說道：「我們這兒，一共有四十個染匠。這四十人中誰死了，我們就教他兒子洗染手藝，讓他繼承父業。沒有兒子，我們寧肯缺著，也不要濫竽充數。如果死者有兩個兒子，我們只教長子手藝，除非長子死了，他弟弟才能學洗染。我們做手藝活兒一向兢兢業業，只染藍色，其餘的顏色都不染。」

凱鄂覺得不可思議。他詢問其他染坊，也得到同樣答案，而且沒有一家染坊願意聘用他，每個老闆都告訴他：「我們從來不錄用外鄉人。」

凱鄂非常失望，他不顧一切跑到王宮，覲見國王。他向國王訴苦說：「陛下啊，我是個外鄉人，以洗染為業。可是，我找遍城裡的染坊，卻沒人願意和我合作。」凱鄂接著說：「我會染紅色、綠色、紫色等等。」他又說道：「陛下，這些顏色，城裡的染匠都不會染，他們只會染藍色。」

國王對凱鄂會染這麼多顏色的布料很感興趣，就說：「我替你建造一座染坊吧，並提供你本錢，但是你必須染出你所說的顏色。」

國王召集建築師興建染坊，還賞給凱鄂一套華麗的宮服、一千金幣、一匹駿馬和兩個奴僕，還騰出一間宮殿讓他居住。凱鄂得意洋洋的指揮工人按他的想法建了一座氣派的染坊，又向國王要錢採購設備。

一切就緒後，染坊開工了。凱鄂先替國王染了各種顏色的布料，晾在染坊門前。那些顏色是當地人從來沒見過的，因此，常常會有路人擁擠在染坊門前等候參觀。

凱鄂根據大家愛好的顏色替他們洗染，博得大家喜歡。所以，他不久便小有名氣，人們也把他的染坊稱為「王家染坊」。

說到綏爾，自從凱鄂離開後，病得不輕，在房間裡躺了三天。門房隱約聽見裡面傳來呻吟聲，便開門進去，見他臥床不起便安慰道：「您好好養病吧！你的夥伴呢？」

綏爾說：「我病倒了，今天才清醒。我一直叫喊，卻沒人回應。我很餓！兄弟，請你從我衣服裡的錢包取兩塊錢，幫我買點吃的吧！」

當門房拿出錢包，卻發現裡面空空如也。

綏爾知道是凱鄂偷走裡面的錢，就傷心地哭泣起來。門房安慰他，並照料他的生活起居，直到綏爾康復。

綏爾病癒後，無意間來到凱鄂的染坊門前，抬頭看見各種顏色的布料，門前擠滿人群。他好奇地問當地人：「這是什麼地方？人們擠在這兒幹什麼？」

「這家叫王家染坊，是國王替凱鄂建造的。他會洗染各種顏色，我們本地的染匠都不會，因此，他的身價比一般染匠高出十倍呢！」那個人還把凱鄂怎麼向國王訴苦，國王替他建染坊，提供他本錢等事蹟詳細敘述了一遍。

綏爾聽了，滿心歡喜，暗自想道：「原來凱鄂已經成為大師傅！也許是他忙於工作才忘了我吧！」

綏爾擠到染坊門前，見凱鄂驕傲得像一個國王，對著下人發號施令。他滿懷希望來到凱鄂面前。凱鄂一看到綏爾，立刻板起面孔，罵道：「你這個強盜！要我當眾揭發你嗎？你們把他給我抓起來，狠狠的打！」奴僕們抓住綏爾，將綏爾毒打一頓。

在場的人們覺得很奇怪，就向凱鄂打聽情況，凱鄂竟然把綏爾說成一個經常去他染坊偷東西的賊。

綏爾挨了打，一瘸一拐的回到旅店，想著凱鄂的無情，非常憤怒，卻也無可奈何。

綏爾的王家澡堂

綏爾待在旅店把傷養好後，來到大街上，打算找個澡堂洗澡。他向別人打聽，可是沒有人知道什麼是澡堂，原來當地人都只在海裡洗澡。

知道城裡沒有澡堂的消息，馬上到王宮覲見國王，向他建議城內應該建造一座像樣的澡堂。

國王對此很感興趣。於是，派建築師在城裡建造澡堂，並拿出購買設備的本錢，對綏爾本人也尊崇備至。

綏爾在國王的資助下，把澡堂布置得富麗堂皇，還培訓了幾個按摩師。澡堂開張後，人們十分好奇，爭先恐後的進去洗澡。澡堂門庭若市，熱鬧非凡。人們把它稱作「王家澡堂」。

王家澡堂開張的第四天，國王帶著大臣來到澡堂。綏爾親自為國王擦背，國王洗得心曠神怡，十分舒服。**綏爾還告訴國王，他要保證所有人都能上澡堂洗澡，因此對窮人少收錢，對富人多收錢，每個人根據實際情況能出多少錢就出多少錢**。這個決定受到了老百姓的一致歡迎，因此，王家澡堂的生意非常好。

後來，連王后也要來王家澡堂洗澡。為此綏爾訓練了一些女招待員，來服侍王后，讓王后也非常滿意。從此，綏爾的聲譽傳遍全城。他本人和藹可親，對去洗澡的人，無論貧富，都一視同仁。

有一天，國王御用船艦的船長來澡堂洗澡，他的職位並不高，但是綏爾卻還是熱情地招待他，親自替他擦背，船長也因此對他留下了很好的印象。

凱鄂經常聽到人們討論有關澡堂的問題，心裡很妒忌，就決定親自去看看。他帶著僕人，衣冠整齊地走進綏爾的澡堂，對他說：「你忘了自己的老朋友了嗎？為什麼這麼長時間不來看我呢？」

「我去找過你啊，卻被你當做賊痛打一頓呢！」

凱鄂聽了，發誓自己那天是認錯了人，並一再的向綏爾賠禮道歉。善良正直的綏爾信以為真，當即原諒他，並且請凱鄂進去洗澡，還熱情的為凱鄂擦背、沖洗，照顧得無微不至。凱鄂趁機對他說：「這座澡堂偉大極了，但還是有一點美中不足的地方。你可以利用草藥調配出最好的除毛劑。當國王來洗澡時，你就獻給他用，他一定會非常歡喜的。」綏爾相信了朋友的話。

凱鄂從澡堂出來後，直接進宮覲見國王。他誣告綏爾建這座澡堂的目的，是要用毒藥冒充拔毛藥來害死國王。國王很生氣，他打算親自去洗澡，以便證實凱鄂的話是否屬實。

綏爾看到國王來到澡堂，便熱情的招待。他賣力的替國王擦背、沖洗，然後對國王說：「陛下，我特地為您配製了一種拔毛藥，請陛下試一試吧！」

國王拿過藥，嗅到了瓶中的氣味，認定是毒藥，因而大發雷霆。他吩咐侍從立即逮捕綏爾，然後命令御用船艦的船長，把綏爾扔到海裡。

船長帶著綏爾來到一個小島，問道：「我曾去你那裡洗過澡，對你的為人十分欽佩。請你告訴我，你到底怎麼得罪了國王呢？」

「我什麼也沒做，我也不知道究竟犯了什麼錯啊？」

「那一定是有人因為妒忌而造謠誣陷你。你不用急，我會幫你的。你暫時先住在這個島上，等到有開往你家鄉的船隻時，我再送你走。」

綏爾得到船長的庇護，十分感激。船長為了交差，把一塊和人一樣大的石頭放在一個痲袋裡，讓人誤以為那裡面裝的是綏爾。然後，他給綏爾一張漁網，吩咐道：「你拿去撒在海中，也許能捕到魚。我本來負責打魚供國王食用，今天為了要幫你，可能沒空捕魚，你就幫我應付一下吧！」

船長把裝著石頭的麻袋搬上小船，划到王宮附近，見國王坐在一扇靠海的窗口邊，便高聲問道：「陛下，我該把他拋到海底了嗎？」

「你拋吧！」國王舉起戴著寶石戒指的手一揮，那枚寶石戒指竟不小心掉到海裡。國王嚇了一大跳，因為戒指賦予了他統率三軍的權力。現在戒指掉了，他怕軍隊會反叛他，只好默不作聲。

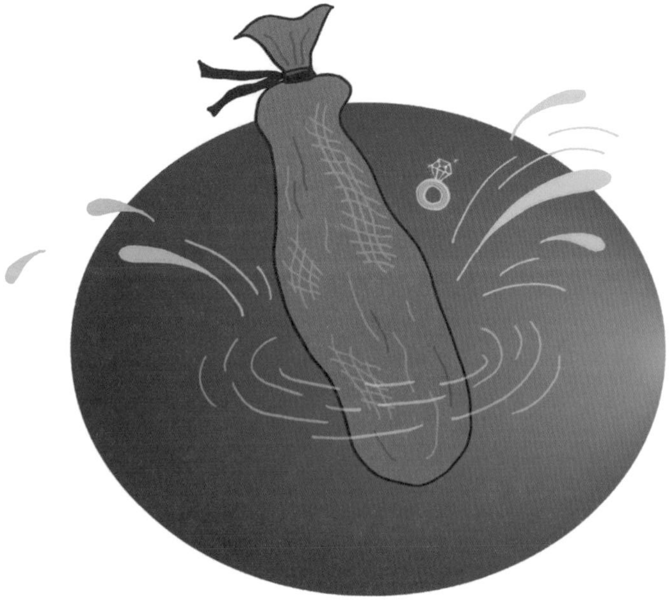

綏爾按照船長的指示，在海中撒網打魚，捕到了許多魚。於是，他自己選了一條魚，準備煮來吃，當他剖開魚肚，發現裡面竟然有個寶石**戒指**。綏爾感到好奇，就隨手將戒指戴在自己手上。

恰巧這時，有兩個奴僕奉王宮廚師的命令來向船長取魚，他們走到綏爾面前問：「船長哪裡去了？」

「我不知道。」綏爾回答，並舉手示意。他剛一舉手，奴僕便下跪在他面前。綏爾感到非常驚愕，不明白發生什麼事。

船長完成國王的任務後，急急忙忙的回到島上，看見成堆的魚兒，以及兩個跪下的奴僕，也看見綏爾手上的寶石戒指，不禁大吃一驚，連忙大聲囑咐綏爾：「老兄！你戴著戒指的那隻手千萬不要動，你一動，我也小命不保。」

綏爾感到更加不解，就把自己從魚肚子裡發現戒指的事告訴船長。

船長向他解釋說：「這個藍戒指是國王的，它充滿魔法且神通廣大。當國王想消滅誰時，只要舉手一指，那個人就會完蛋。國王能夠統率三軍，讓軍隊效命於他，完全是因為這個戒指啊！其實，誰擁有了這枚戒指，誰就有一切的權力呢！」

「那你馬上帶我進城吧！」

「好，我帶你去，現在你已經沒有什麼好害怕的了。」

綏爾進宮後，立即覲見國王，國王正坐在王座上悶悶不樂，不敢向任何人洩露戒指遺失的祕密。他看到綏爾，大吃一驚，問：「你怎麼又來了？你不是被扔進海裡了嗎？」

綏爾把船長救他，後來捕魚發現戒指的來龍去脈全部告訴國王。說完，綏爾把戒指還給國王。國王非常感激綏爾，抱著他說：「好人啊，看來是我冤枉你。這個戒指如果落在別人的手裡，說不定會據為己有，不再還給我了。」

綏爾疑惑地問國王為何要殺死他。國王把凱鄂的話如實告訴綏爾。

「陛下，我發誓我絕對沒有想要害您，那個拔毛藥也是凱鄂告訴我的。」

綏爾將自己和凱鄂往來的一切經過都告訴國王。國王派人叫來旅店的門房和染坊的奴僕，仔細盤問，瞭解情況，確認綏爾的話完全屬實。

一切真相大白後，國王這才恍然大悟，明白了凱鄂的奸詐，並決定把他扔到海裡。國王為了獎勵綏爾歸還戒指，就問綏爾要什麼獎勵，但是他什麼也不要，只求國王放他回到家鄉。國王見無法挽留綏爾，只能賞賜很多財物和奴僕給綏爾，才依依不捨的送他回家。

綏爾經過幾天的航行後，最後安全的回到亞歷山大城。他在亞歷山大城中安度晚年，過著平靜幸福的生活。

跨時空，探索無限的未來

騎上鵝背或者跳下火山，長耳兔、青鳥或者小鹿
百年來流傳全世界，這些故事啟蒙了爸爸媽媽、阿公阿嬤。
從不同的角度窺見世界，透過閱讀環遊世界！

【影響孩子一生的世界名著】

最適合現代孩子的編排，耳熟能詳的經典故事
呈現嶄新面貌，啟迪閱讀的興味與趣味！

★小戰馬

動物小說之父西頓的作品，在險象環生的人類世界，動物們的頑強、聰明和忠誠，充滿了生命的智慧與尊嚴。

★騎鵝旅行記

首位諾貝爾文學獎女作家寫給孩子的童話，調皮少年騎著白鵝飛上天，在旅途中展現勇氣、學會體貼與善待動物。

★好兵帥克

最能表彰捷克民族精神的鉅著，直白、大喇喇的退伍士兵帥克，看他如何以戲謔的態度，面對社會中的不公與苦難。

★祕密花園

有錢卻不擁有「愛」。真情付出、愛己及人，撫癒自己和友伴的動人歷程。看狄肯如何用魔力讓草木和人都重獲新生！

★小鹿斑比

聰明、善良、充滿好奇的斑比，看他如何在獵人四伏的森林中學習生存法則與獨立，蛻變為沉穩強壯的鹿王。

★青鳥

1911年諾貝爾文學獎，小兄妹為了幫助生病女孩而踏上尋找青鳥之旅，以無私的心幫助他人，這就是幸福的真諦。

★頑童歷險記

哈克終於逃離大人的控制和一板一眼的課程，他以為從此逍遙自在，沒想到外面的世界，竟然有更多的難關！

★森林報

跟著報導文學環遊四季，成為森林知識家！如詩如畫的童趣筆調，保證滿足對自然、野生動物的好奇。

★地心遊記

地質教授李登布洛克與姪子阿克塞從古書中發現進入地底之秘！嚮導漢斯帶領展開驚心動魄的地心探索真相冒險旅行！

★史記故事

認識中國歷史必讀！一探歷史上具影響力及代表性的人物的所言所行，儘管哲人日已遠，典型仍在夙昔。

影響孩子一生的奇幻名著

想像力，帶孩子飛天遁地

灑上小精靈的金粉飛向天空，從兔子洞掉進燦爛的地底世界……

奇幻世界遼闊無比，想像力延展沒有極限，只等著孩子來發掘！

透過想像力的滋潤與澆灌，讓創造力成長茁壯！

【影響孩子一生的奇幻名著】

精選了重量級文學大師的奇幻代表作，

每本都值得一讀再讀！

★西遊記

蜘蛛精、牛魔王等神通廣大的妖怪，會讓唐僧師徒遭遇怎樣的麻煩，現在就出發前往這趟取經之路。

★柳林風聲

一起進入柳林，看愛炫耀的蛤蟆、聰明的鼴鼠、熱情的河鼠、和富正義感的獾，猶如人類情誼的動物故事。

★小王子

小王子離開家鄉，到各個奇特的星球展開星際冒險，認識各式各樣的人，和他一起出發吧！

★叢林奇譚

隨著狼群養大的男孩，與蟒蛇、黑豹、黑熊交朋友，和動物們一起在原始叢林中一起冒險。

★小人國和大人國

想知道格列佛漂流到奇幻國度，幫小人國攻打敵國，在大人國備受王后寵愛，以及哪些不尋常的遭遇嗎？

★彼得・潘

彼得・潘帶你一塊兒飛到「夢幻島」，一座存在夢境中住著小精靈、人魚、海盜的綺麗島嶼。

★快樂王子

愛人無私的快樂王子，結識熱情的小燕子，取下他雕像上的寶石與金箔，將愛一點一滴澆灌整座城市。

★一千零一夜

坐上飛翔的烏木馬，讓威力巨大的神燈，帶你翱遊天空、陸地、海洋神幻莫測的異族國度。

★愛麗絲夢遊奇境

瘋狂的帽匠和三月兔，暴躁的紅心王后！跟著愛麗絲一起踏上充滿奇人異事的奇妙旅程！

★杜立德醫生歷險記

看能與動物說話的杜立德醫生，在聰慧的鸚鵡、穩重的猴子等動物的幫助下，如何度過重重難關。

影響孩子一生名著系列 19

一千零一夜

以智慧克服困難

ISBN 978-986-96861-3-6 / 書 號：CCK019

作　　者：佚名
主　　編：陳玉娥
責　　編：陳沛君、顏嘉成
插　　畫：林佾勳
美術設計：蔡雅捷、鄭婉婷

出版發行：目川文化數位股份有限公司
總 經 理：陳世芳
行銷企劃：朱維瑛、許庭瑋、陳睿哲
法律顧問：元大法律事務所 黃俊雄律師
地　　址：桃園市中壢區文發路 365 號 13 樓
電　　話：(03) 287-1448
傳　　真：(03) 287-0486
電子信箱：service@kidsworld123.com
劃撥帳號：50066538

國家圖書館出版品預行編目 (CIP) 資料

一千零一夜 / 佚名作 . -- 初版 . --
桃園市 ： 目川文化 , 民 107.11
面 ； 公分 . --（影響孩子一生的奇幻名著）
ISBN 978-986-96861-3-6（平裝）

865.59　　107017769

網路書店：www.kidsbook.kidsworld123.com
網路商店：www.kidsworld123.com
粉 絲 頁：FB「悅讀森林的故事花園」

印刷製版：長榮彩色印刷有限公司
總 經 銷：聯合發行股份有限公司
地址：新北市新店區寶橋路 235 巷 6 弄 6 號 4 樓
電話：(02) 2917-8022
出版日期：2018 年 11 月（初版）
定　　價：280 元

建議閱讀方式

型式	圖圖圖	圖圖文	圖文文		文文文
圖文比例	無字書	圖畫書	圖文等量	以文為主、少量圖畫為輔	純文字
學習重點	培養興趣	態度與習慣養成	建立閱讀能力	從閱讀中學習新知	從閱讀中學習新知
閱讀方式	親子共讀	親子共讀 引導閱讀	親子共讀 引導閱讀 學習自己讀	學習自己讀 獨立閱讀	獨立閱讀